干掉摄影师

夏佑至 著

时代出版传媒股份有限公司
安徽教育出版社

目 录

1	第一章	如果你拍得不够好
23	第二章	Photoshop 和暗房
40	第三章	"海报上少了一个人"
51	第四章	"她的眼睛让灵魂晕眩"
64	第五章	改变世界
84	第六章	杀死卡帕
107	第七章	晕眩的成分
113	第八章	琥珀
123	第九章	导演的照片
139	第十章	过时的当代
154	第十一章	Magicube 的世界
173	第十二章	照片进入历史
182	后记	

第一章　如果你拍得不够好

　　1938年，欧内斯特·海明威（Ernest Hemingway）开始创作《丧钟为谁而鸣》，是西班牙内战行将结束的时候。作家从西班牙回到美洲，在古巴的书桌前埋头苦干，几个月之后写出了一部剧本（《第五纵队》）和一部小说（《丧钟为谁而鸣》）。文学写作的速度如此之慢，耗费的时间如此之长，和摄影完全不成正比。一个幸运的摄影师只需要一瞬间，就可以用他的相机拍出惊世骇俗的作品，并且一鸣惊人了。

　　罗伯特·卡帕（Robert Capa）就是这样幸运的摄影师。1936年，二十三岁的卡帕拍摄的《共和派士兵之死》（*Loyalist Militiaman at the Moment of Death*，Cerro Muriano，September 5，1936）刊登在法国的 *VU* 杂志上，从那时起，他一直是战地摄影的传奇人物。

　　与二十世纪三十年代流行的超现实主义艺术相对应，西班牙内战是一场超现实主义的战争。不仅是因为有许多艺术家走出工作室、走上了战场，也不仅因为其中充斥着朦胧而激动人心的意识形态激情，而是因为行进当中的战争变成了艺术作品，在西班牙是第一次。通过战争结束之后的文字追述来体验战争的历史结束了。在曝光的一刹那，影像凝结在底片上，"时间猝然停止"。光学、化学和机械运动，将海明威在《丧钟为谁而鸣》中说过的那个"在进行，在升腾，在漂流，在离去，在盘旋，在翱翔，在消失"的现在变成了永恒。西班牙内战不是照相机记录过的第一场战争，但是，战争变身为为数众多并且时刻更新的视觉形象，这是第一次——第一次，一场战争有了系统的视觉文献。

共和派士兵之死,西班牙,1936 年,罗伯特·卡帕(Robert Capa)

梅杜莎之筏,布面油画,491cm×716cm,创作于 1818—1819 年,泰奥多尔·席里柯(Théodore Géricault)

《共和派士兵之死》以令人惊叹的方式记录了死亡,它把死亡处理成了独一无二的事件,其方式与两千年来的艺术表现都不相同。

无论是终老床上还是战死沙场,都是十分常见的景象,死亡在视觉艺术中,是以尸体(死亡的后果)的形式出现的。油画《梅杜莎之筏》(*the Raft of the Medusa*)笼罩着死亡的气息,这种气息主要是通过那些横陈在木筏上可怕的尸体流露出来的。在筏子的前端,一个佝偻站立的人左手遮在眼前,正向远方瞭望,这个形象如同方舟之上的动物瞭望陆地,意味着希望就在眼前,也意味着死亡已经被克服,至少,它像瞭望者背后的尸体一样,已经被抛弃和忘记了。

《梅杜莎之筏》悬挂在卢浮宫的大画廊中,由于尺幅巨大,游客只能仰望巨画,并体会其中种种震撼人心的细节。但周围无数巨匠的画作分散了他们的注意力,降低了死亡之筏上的悲剧气息。这种集中展示的方式在法国随处可见。凡尔赛宫的花园中坐落着不同时代的大理石雕复制品,同样体现了欧洲艺术的理想与手段:柔软的人体从坚硬的石头里被分割出来,高度的写实能力让人忍不住想要触摸——拉奥孔的左脚拇指因为痛苦的痉挛而扭曲,蛇的身体在膝盖下绕成一圈,阻碍了血液流动,导致血管凸起。这些粗大的血管清晰地浮现在他的脚背上,他的脚踝因为过度用力而外拧。即便是在死亡即将到来的时刻,他们的身躯——孔武雄壮的拉奥孔,他的体态和肌肉是美的典范,死亡带给他的痛苦强烈而持久,而他身体灵活的长子也即将成为一个雄强的男子汉,竭力想要摆脱命运的桎梏,只有幼子的皮肤和肌肉仍然保持着一个孩子的体态,他放弃了挣扎,他的顺从是哀伤的,也让这首死亡之歌呈现出不同的音调。

石雕展示的并非死亡,而是人与死亡的对抗。这种对抗以三种不同的方式和形态展示出来:搏斗、挣扎和顺从。抗拒越激烈,生命的气息就越浓厚。说实话,这不是死的形象,而是生的赞歌。在拉奥孔的雕塑中,死亡被比喻为可怖的巨蟒。和中世纪那些手执镰刀和蒙着斗篷的著名的死神形象相类似,这种比喻式的刻画着实令人不快。而在罗伯特·卡帕的作品里面,死亡摆脱了喻体,第一次直观地呈现在我们面前。

拉奥孔与儿子们

大理石雕

1506 年发现于罗马

作者传为公元前 1 世纪的三位艺术家

罗伯特·卡帕拍摄于1936年9月5日的这张照片，多大程度上影响了二十世纪摄影的历史？说实话，这个问题很难回答。某些情景在历史上不断地重现，然而，真正的历史性事件只会发生一次。罗伯特·卡帕拍摄的士兵中弹的一瞬间，将之前和之后的许多个（应该说是无数个）相同的瞬间都囊括于其中。有拍摄经验的人或许知道，拍摄这样一张作品主要取决于巧合，而非技术和经验，更不要说是器材的反应速度。当某个人在你面前中弹倒下的一刹那，拍摄是（只可能是）一种完全的下意识动作和条件反射。类似的影像之后将很难看到。而且，其他照片不会引起1936年这张照片的种种争议和传说。不可复制的并非卡帕的拍摄，而是这张照片的命运。视觉艺术的使命是生产象征物，而真正的象征是唯一的、高度概括的，也是不可替代的。拍摄到一个士兵中弹的瞬间是只会发生一次的历史事件，其结果是产生了一张唯一的、高度概括和不可替代的照片。毫无疑问，这张照片是历史的象征。

这并不是说，罗伯特·卡帕的照片能够穷尽西班牙内战的复杂性，恰恰相反，照片是对现实的剪切；影像远比现实单纯，因为影像是可见之物，而现实（绝大多数现实）是不可见的。但是照片作为广为传播的视觉形象，它在遥远的未来，仍然能够唤醒某些沉睡的事物。折戟沉沙铁未销，政治运作的秘密已经永远不可追寻；历史学家追寻西班牙内战中的一切，某种程度上，必须首先建立自己与文字的关联，正如我们从海明威和乔治·奥威尔（George Orwell）的作品中试图理解西班牙内战的一切。

照片几乎不被用于历史研究。究其原因，到今天为止，历史学还没有掌握一种可以正确使用照片的技巧。对历史学来说，作为一种剪切的现实，照片是平面的，因此，如果没有文字的佐证，照片就无从（也不可能）为所摄场景找出历史的因果链。与此同时，伴随着照片的文字却往往值得警惕和怀疑。这就是历史学不愿意对照片做出判断的原因所在。用文字解释照片是危险的。某个表情，仅仅是因为其戏剧性，被摄影师所注意并且及时地拍摄下来。这个表情可能会成为某个时代的象征物。但仅此而已。永远无法证明某个表情背后是否藏有历史的因果——或许是有的，然而无法证明。照片保留下来的气氛，与其说是历史的，不如说是文学的。历史学铺排材料，追求逻辑和因果联系，以此推测支配历史的法则。摄影反其道而行之，将无限的时间简化成极其短暂的时刻。它们都是关于时间的艺术。但在对时间的理解上，艺术和历史分道扬镳了。

寻找真实的历史的源头是困难重重的工作。这种工作如同泛舟河上，每一条河流都布满支流，每一条支流都可能变成一条歧路。但寻找瀑布的旅程却很少会迷路。河流的高潮以其轰鸣的声音和磅礴的气息将我们吸引到它的身边。历史有其结构上的高潮——视觉形象的传播史也不例外。

要理解某个视觉形象如何成为历史的象征物，需要从这种形象的传播入手。现代大众传媒从事的是屎壳郎的工作。它们出动之前，历史像草原上的粪便，分散在不同的空间里，彼此形态都各不相同，有着不同的阐释的可能。但大众传媒将这些散落的事物聚合在一起，形成一个结构均匀（和体量惊人）的事物，并且赋予其单一的意义。没有哪张照片经过传播而不被赋予照片之外的意义。这个强行赋予意义的过程造就了罗伯特·卡帕式的耳熟能详的传奇故事，产生了《共和派士兵之死》这样的历史的象征物。

这张照片（和附着其上的许许多多的阐释）也帮助摄影艺术度过了二十世纪初的危机，由此开启了战地摄影漫长的辉煌时代（持续达几十年之久，直到电视出现）。

不要奇怪战争会帮助艺术度过危机。在历史上，死亡不只是艺术的主题，死亡也是艺术的动力所在。

回到二十世纪三十年代，欧洲和美国的艺术青年和知识分子纷纷奔赴西班牙参战，今天我们习惯性地将这种行为看作是一种意识形态激情。但是，很少有人看到，那些面目不清的意识形态激情，其实是一种赴死的激情。

卡帕和女友格尔达·塔罗（Gerda Taro）1936年8月抵达西班牙。次年7月，塔罗死了。和不少画家、作家、乐手和摄影师一样，塔罗葬身在西班牙陌生的土地上。外国死者大多很年轻，离职业荣誉的顶峰为时尚远。和他们相比，海明威早早就已经功成名就。生于1913年的卡帕回忆说，他这样生于二十世纪

格尔达·塔罗和罗伯特·卡帕

巴黎,拍摄时间不详

弗莱德·斯坦(Fred Stein)

一十年代的年轻人，当时都管海明威叫"爸爸"。其实，出生于1899年的海明威比卡帕们大不了多少，可是，"爸爸"——这个称呼毫不犹豫地揭示了海明威属于另一个时代，属于另一场战争。第一次世界大战终结了一个时代，同时宣告古典艺术的太阳落了山。海明威的小说即是已经落山的古典艺术辉煌的回光返照。

变化在印象派的画作、普鲁斯特（Marcel Proust）的《追忆似水年华》以及卡夫卡（Franz kafka）的小说里已经埋下了伏笔，然而艺术家在二十世纪三十年代遭遇了瓶颈。和世纪之交的景象相比，经过残酷的二十世纪一十年代和平淡无奇的二十年代，欧洲在第三个十年里忙于备战，空气中弥漫着不祥的战争气息，艺术上死气沉沉。像亨利·卡蒂尔－布列松（Henri Cartier－Breson）这样的艺术青年，生活在伦敦和巴黎，却丝毫看不到艺术成就的未来。

距离达盖尔（Louis Jacques Mand Daguerre）摄影术发明的时间快要过去一百年了，摄影能否被称作美学上独立的艺术门类，还值得怀疑。布列松的梦想是成为画家〔多年后，他出版了著名的摄影集《决定性瞬间》。书籍装帧没有依照之后摄影集的一般做法，用一张照片作封面。《决定性瞬间》的封面是马蒂斯（Henri Matisse）为他作的一幅抽象的剪纸〕，不是摄影师（二十世纪七十年代后，他转向绘画，很少拍照）。他显然不能满足于所谓的摄影艺术。他想让人称他是超现实主义画家。卡帕却说服他，超现实主义算不得什么了不起的事情，绘画并不比"新闻摄影"能给他带来更多的荣誉。卡帕一言中的，却让布列松耿耿于怀。一战后艺术界的少数成功者，像海明威和毕加索（Pablo Ruiz Picasso），尽管功成名就，却无力复现古典艺术时代群星闪耀的景象。油画和小说都在衰落，新艺术如有声电影（爱迪生发明于1910年8月27日），还前途未卜。在沉闷的二十世纪三十年代，沉闷是布列松犹豫不决的原因，也是那些充满激情、不成熟的和艺术上没有出路的艺术家赴死的理由。他们像是被某种驱使深海中的鲸鱼突然游上海滩的神秘原因所驱动，来到西班牙，死在了那里。

布列松一生在摄影和绘画之间徘徊不定，实际是不知道什么才能给他带来不朽，给他的天才恰如其分的桂冠，让他逃脱成为一个庸碌的"中人"的命运。

马蒂斯为《决定性瞬间》美国版设计的封面

1952 年

这是极少数改变了摄影史的著作之一。"决定性瞬间"恰如其分地表达了摄影的某些特性,后来又成为一种广为流传的风格。

二十世纪的大半时间,由种种离奇的传说支撑。很多是关于死在西班牙的艺术青年的天才的传说。但死于西班牙内战的艺术家,似乎没有一个是天才(命运的残酷也让他们来不及证明自己)。西班牙内战之前的二十年造就了海明威,却摧毁了后一战时代欧洲艺术青年的艺术理想。艺术似乎已经穷尽了可能,评论家大行其道。未来的艺术要期待的是那些尚不可知的天才。中人的命运铺天盖地,看来是逃无可逃了。

在历史上,少数人对悲剧的向往,超过了对幸福的渴望,这原本是屡见不鲜的事。许多年轻人齐集西班牙,不为人知的内心深处不是为了求生,而是为了赴死。战争摧毁了一战缔结的国际政治格局,成全了他们对悲剧的向往。在平庸的时代,悲剧(尤其是死亡的悲剧)是通往不朽的唯一道路。许多人为此不惜纵身一跳,扑向深渊。

因为《共和派士兵之死》,卡帕一举成名,似乎暂时摆脱了中人的命运。这张照片被称作是"有史以来最戏剧化的照片",但终究不会比战争本身更加戏剧化。超现实主义的西班牙内战是二十世纪三十年代的终结,却拉开了有史以来最可怕的战争的序幕。从无差别轰炸(希特勒麾下的将军们最初试验于格尔尼卡)、伞兵作战,尤其是 D 日(1944 年 6 月 6 日)诺曼底那样的登陆战,这些统统没有在海明威的小说中出现过的景象,在卡帕和他的同行的照片中,都能够看得到。这场战争(或者说,西班牙内战之后的一系列战争)看来是"儿子"们的战争。

从记者的职业生涯来说,卡帕要比海明威成功得多。海明威笨拙不堪,一战中多次受伤,几乎不治。卡帕却灵活机变。他能随 D 日第一批海军陆战队攻上奥马哈海滩,拍了一百〇六张底片,成功生还。然而让人沮丧的是,"儿子"们无力把战争变成艺术。二战后卡帕写过一本名为《失焦》(*Slightly Out of Focus*)的书。这本书让人的心情很复杂。如果这本书可以被看作是小说,卡帕在模仿"爸爸"的艺术,如果《失焦》不是小说,那卡帕就是在模仿"爸爸"的生活——模仿海明威的小说主人公的生活,模仿《太阳照常升起》、《永别了,武

布列松一生在摄影和绘画之间徘徊不定,实际是不知道什么才能给他带来不朽,给他的天才恰如其分的桂冠,让他逃脱成为一个庸碌的"中人"的命运。

自然史博物馆

巴黎

1976 年

玛蒂娜·弗兰克(Martine Franck)

器》中那些年轻人的生活——一样的纵酒，邂逅，一见钟情。这种情形对一个记者而言并没有什么，对艺术家而言，却是死路一条。从记者变成作家，是海明威成功的关键，也是二十世纪二十年代留在巴黎饿肚子的理由（后人说他的文字简练、含而不露得益于新闻报道的训练，这有点高估了他作为记者的成就），但卡帕自始至终是一个记者，一个战地记者，一个在战地成名的摄影记者。

一战的"儿子"们操起三十五毫米相机时，气势上已经稍逊一筹。和小说相比，摄影是苦涩的艺术。或许因为这个原因，从来没有哪种艺术家，比卡帕这样的摄影师更放浪形骸。中人的焦虑和流于重复的挫败感，笼罩着1936年长大成人的超现实主义者或者新闻摄影师。这种生活在父辈阴影下的不快产生了奇异的心理效应：如果不能立刻开始一次崭新的、没有先例的冒险，他就不能克服焦虑，不能排遣新闻摄影特有的重复操作带来的挫败感。

1944年9月1日，战争还在进行当中，罗伯特·卡帕已经开始抱怨说："我正在敲响战地摄影艺术的丧钟，这门艺术在六天前的巴黎街头终结了。再也不会有那些在北非沙漠和意大利山脉里的美国步兵了；再也不会有登陆诺曼底海滩这样的进攻了；再也没有能同解放巴黎相媲美的解放了。"[1]

他并不是怀念。"重回前线不会有什么好前景，从现在起，我会不断拍摄到相同的照片。每一个匍匐的士兵，每一辆开动的坦克，或者是疯狂挥舞着手臂的人群，都将是我以前在别处拍过的照片的翻版。"[2] 他需要的是一次崭新的、没有先例的军事行动。

战地摄影师的渴望冒险的焦虑是催命的符咒。有一本摄影史著作不无刻薄地说，卡帕之所以在1954年赴越南报道战事，一个重要的原因是他作为最勇敢的战地摄影师的地位受到了挑战，比他年轻的摄影师正在动摇那个需要用不停的冒险来滋养的名声。这种说法对卡帕的人生提供了一种猥琐的解释，但对于普遍猥琐的人性而言，它像一杯烈酒，喝到肚子里，热烘烘的让人十分不快，

---

[1] 罗伯特·卡帕：《失焦：卡帕战地摄影手记》，徐振峰译，广西师范大学出版社，2005年，第203页。
[2] 罗伯特·卡帕：《失焦：卡帕战地摄影手记》，徐振峰译，广西师范大学出版社，2005年，第203页。

但是这不快的感觉却盘桓不去,看上去还很像那么回事。

罗伯特·卡帕一定会感到焦虑和挫败,但是这种焦虑和挫败是源自于他的内心,而不是同行的竞争。战地摄影师之间的竞争——如果竞争真像普遍猜测的那样存在的话——是可笑的。这就像说某个人是专业的战地摄影师一样可笑。战地摄影是一种职业,甚至可能是一种生活,但是永远不会有专业的战地摄影师。这是个缺乏标准的行当;不会哪一张照片比另一张照片更真实,也不会有哪个战地摄影师比另一个战地摄影师更专业。

《失焦》这本书的目标是进入好莱坞,缺点是结构松散,而且也称不上朴素,其中几乎只有一刻的真情流露。那不是D日的诺曼底海滩,而是在1944年11月的法西边境。巴黎已经解放了,卡帕在法西边境上遇到一群1939年从西班牙撤到法国的共和派流亡者(1939年1月26日,在内部清洗中丧失战斗意志和战斗力的共和派守军从马德里一溃千里,几十万军民流亡法国;佛朗哥军队毫不费力地占领了共和派的临时首都)。这群失去了国家的西班牙人,"认为他们帮助解放了法国,现在盟军有责任帮他们把西班牙从佛朗哥政权中解放出来"。[1] 一些冲动的流亡者当即决定组织一支突击队,翻过比利牛斯山,向西班牙进发,当天晚上,他们遭到重创,在没有后援的情况下,残部再次撤回法国。

西班牙在二战中保持中立(西班牙内战是1939年4月1日结束的,但法国在1939年2月27日就承认了佛朗哥政府,英国紧随其后。二战中,罗斯福承诺盟军决不侵犯西班牙,作为回报,五万名盟军士兵、上千架战机和几百艘军舰在直布罗陀集结,准备发动北非攻势,佛朗哥虽然被希特勒视为盟友,但是他对集结装聋作哑,帮了盟军的大忙),要盟军挥戈西进无异于白日说梦。在卡帕看来,盟军的确负有将西班牙从佛朗哥统治下"解放"出来的责任(这段话可以看出卡帕的历史观:"回到1939年1月,法西斯占领了巴塞罗那,从巴塞罗那到法国边境的数百英里的路上黑压压的都是逃离佛朗哥雇佣军的人们……记者们写下他们的故事,我拍下他们的照片,但世界并不感兴趣。然而仅仅几年后,

---

[1] 罗伯特·卡帕:《失焦:卡帕战地摄影手记》,徐振峰译,广西师范大学出版社,2005年,第206页。

法国诺曼底海滩，1944年6月6日（D日），罗伯特·卡帕（Robert Capa）

法国诺曼底海滩，1944年6月6日（D日），罗伯特·卡帕（Robert Capa）

早期摄影需要长时间曝光,在某种程度上决定了照片的风格——但这只是马修·布雷迪与卡帕的差别之一。

位于宾夕法尼亚州的汉诺威枢纽火车站

1863 年

马修·布雷迪(Mathew B. Brady)

又有许多人在许多路上,逃亡并跌倒在同样的军队和一模一样的法西斯旗帜下。"[1]),但他们放弃了担当,"出卖"了盟友。

西班牙人被"出卖"的命运或许让卡帕想起了他第一次战地记者的生涯。1944年在那支一百多人组成的冲动的西班牙流亡部队打回家乡的夜里,比利牛斯山两边都在下雪。卡帕的身份是美国人,不能跟西班牙人一起越过边境。他和其他人坐在咖啡馆里,心焦地等着西班牙的消息和法国方面的反应。第三天,被打散的流亡者部队残部冒着风雪陆续返回;一共只有不到四十个人回到了法国。漫长的等待容易唤起人的回忆。在等待的三天里,卡帕一定想到了死在西班牙的艺术青年格尔达·塔罗,他的朋友,他的爱人。他们一生反抗成为中人的命运,实际在反抗仅为中人的天资。

和流亡部队的冒险有惊人的相似,这样的反抗还没有开始,就注定是要失败的。

持续不断的冒险注定要把战地摄影师送上死路,但在此之前往往先把他们送上职业的顶峰。卡帕从奥马哈滩头带回来的照片大多模糊不清。但这几张模糊不清的照片是仅有的对D日最血腥时刻的记录。乍一看,这几张照片似乎并没有什么出奇之处,但只要想到在血雨腥风的1944年6月6日,这些照片可以证明摄影师和他的拍摄对象在一起,它们就成了对勇气一词的最好证明。

有人评价卡帕在西班牙内战中的表现时说,"三十五毫米相机、大光圈镜头、高速药膜底片结合了罗伯特·卡帕大胆、无畏的勇气,1936年西班牙内战才真正极具效果地暴露了人类组织化的暴力。"[2] 战地摄影的每一个方面,从物质到精神,在这里都受到了赞誉。三十五毫米相机意味着现代传播的在场。这种器械小而灵活,便于摄影师操作。相比之下,十九世纪六十年代,马修·布雷迪(Mathew B. Brady)用大型相机和涂有硝酸银溶剂的玻璃底版拍摄过美

---

[1] 罗伯特·卡帕:《失焦:卡帕战地摄影手记》,徐振峰译,广西师范大学出版社,2005年,第204页。
[2] 阿瑟·罗斯坦:《纪实摄影》,李江译,广西师范大学出版社,2005年,第105页。

国内战的战士，显得纯粹是一桩生意。

摄影之所以只能以一桩生意的形式出现，并不仅在于马修·布雷迪本人在这场战争中的立场，也是因为他所雇佣的摄影师的装备。一辆马车装着他们的全部家当：大型相机、三脚架、玻璃底版和各种化学溶剂。这辆马车也是摄影师的流动暗房。拍摄前，他小心翼翼地先将硝酸银溶剂涂在玻璃底版上，将底版装在相机背后，拍摄后立刻冲进暗房进行显影、定影和干燥。尽管现代战争和后来的摄影技术同样依赖高度组织化的制造工业，但在十九世纪中期，战争已经现代化，摄影术却还带有旧时代个体手工业的全部特征。马修·布雷迪这个人常常让我想起小说《飘》中白瑞德（Rhett Butler）来。白瑞德是一个玩世不恭的商人，靠战争不仅发了大财，他还因为越过火线贩来妇女用品，理所当然地被后方的妇女看作是英雄人物。马修·布雷迪靠着为北方的将军们拍摄肖像得以在战场上畅通无阻。他手下的二十名摄影师深入战场，拍摄活人和死者的肖像，他的画廊把这些照片制成名片式的肖像照、立体照片、影集，把它们卖给杂志作为制作木刻版画的依据。和白瑞德一样，马修·布雷迪是以中立和旁观的方式卷入战争，并且从中获利的人们中的一个。

据说有一千五百名以上的摄影师参与了对美国内战的拍摄。他们有的隶属于官方，有的为报纸工作，但到最后，只有马修·布雷迪成了他们的代表。

七十年后，罗伯特·卡帕不可能像十九世纪六十年代那样，仅仅是旁观一场战争。三十五毫米相机和十九世纪六十年代那种笨重的用马车运载的大型相机的区别并不仅仅是在相机的构造本身；从1936年开始，摄影师成了战争的一部分（卡帕说，你来到西班牙，就得为自己选择一个立场，你要么是共和派，要么是佛朗哥派，你再也不可能站在中间。这听上去不像是指摄影记者选择政治立场的必要，而是在描述战地摄影这个行业的某个技术要求），开始和拿枪的士兵一起冲锋陷阵。

在战争时期，摄影师像所有士兵一样，在行动之前就要选择自己归属的阵营和立场。二战中，因为艾森豪威尔（Dwight D. Eisenhower）对民主和媒体的关系的精辟见解（"民意决定战争的胜负"），盟军的许多军事行动都有摄影师参与。摄影师被编入部队的序列,跟随军队推进。这是罗伯特·卡帕能够带着两台康泰时相机,参加诺曼底登陆战的原因所在。他随第一波进攻的士兵投入伤亡惨重的抢滩作战,并且在枪林弹雨中成功登陆,随后在诺曼底的海滩上度过了无比恐惧和绝望的六个小时。在那里,卡帕拍了几个胶卷,然后随一艘运载伤员和战死士兵尸体的医疗船回到了英国的盟军营地。他实在没有勇气再在血肉横飞的奥马哈待下去。但是,被他遗留在身后的奥马哈,战斗持续进行,和他同时抢滩并且留在滩头上的士兵凶多吉少,他感觉自己不再是一个前来记录这场战争的摄影师,而是一个不折不扣的逃兵。

> 我到包里去拿新的胶卷,还没等把胶卷放进照相机,我潮湿、颤抖的双手已经把胶卷弄坏了。
>
> 我停了一会儿……接着我就感觉很差。
>
> 空照相机在我手中颤抖。一种新的恐惧从脚趾到发尖震颤着我的身体,扭曲着我的脸。我解下身上的铁锹想要挖一个洞,铁锹击中沙下面的石头,我把它一把扔掉。我身边的人们一动不动地躺着。只有海岸线上的尸体随着潮水翻腾着。一艘步兵登陆艇面对着炮火而来,头盔上印着红十字的医务兵从船上涌出。我什么也没想,也没做什么决定,只是站起来向那艘船奔去。我跨进海水里,在两具尸体之间,海水漫到了我的脖子。汹涌的潮水打在我身上,每一个浪头都挂在我头盔下的脸上。我把照相机高举过头,突然间我意识到我是在逃跑。[1]

这次逃跑是摄影师的职业道德所允许的。让卡帕感到羞耻的是,他一直将自己当作一个士兵,却不能克服软弱,从头到尾坚持一个士兵的行动准则。而在十九世纪六十年代,马修·布雷迪的焦虑和卡帕完全不同。前者只用担心炮火会不会把自己的马车轰个粉碎,那他就要破产了。

---

[1] 罗伯特·卡帕:《失焦:卡帕战地摄影手记》,徐振峰译,广西师范大学出版社,2005年,第160页。

某些摄影师愿意将自己看作士兵，其实他们与士兵的境遇有很大（实际上是生死攸关的）不同。这是战地摄影的一个困境。罗伯特·卡帕本人有一句名言说：

> 我们战地记者，手里攥着我们的赌注，这赌注就是我们的命。我们可以把赌注押在这匹马上，或者押在那匹马身上，我们也可以把赌注放在口袋里。[1]

如果赌注可以放在口袋里，就不是赌注了，这句话正说明战地记者和士兵的不同。摄影师可以把赌注放进口袋，但他们的拍摄对象却永远暴露在枪口下。卡帕曾经自问（实际上，他假设自己回答孩子的提问），战地记者和其他穿军装的人有什么不同？他的回答是，战地记者可以得到更多的美酒、姑娘和更好的报酬，还要比士兵更自由；不幸的是，"被允许做一个懦夫且不被处决，这是对战地记者的折磨"。[2] 作为一个模范战地摄影师，卡帕成功的关键在于拍摄中都努力消除自己作为旁观者或者记录者的形象，大多数时候，这并非什么工作技巧，他真诚地希望和拍摄对象打成一片，真正成为拍摄对象的"自己人"。他会为自己不被士兵们接纳而难过。

尽管罗伯特·卡帕乐于将自己看作一个士兵，但默默无名的马修·布雷迪离事实也许要更接近一些；不管从哪个角度来看，拍照对职业摄影师来说，始终都是一桩（关系到收入的）生意。并非每一张照片在拍摄的时候都有其明确的商业目的，但如果没有商业（出版业）逐利行为的支撑，这种拍摄活动或许根本不存在（出于宣传的目的，政府和军队也招募随军摄影师，因为种种原因，他们的作品往往很难站住脚）。

拍摄战争中阵亡的士兵让卡帕觉得自己像个殡仪馆老板；出卖这样的照片，

---

[1] 罗伯特·卡帕：《失焦：卡帕战地摄影手记》，徐振峰译，广西师范大学出版社，2005年，第148页。
[2] 罗伯特·卡帕：《失焦：卡帕战地摄影手记》，徐振峰译，广西师范大学出版社，2005年，第148页。

从中获利,更加违背他的意愿,让他感到战地摄影这桩生意玷污了他与士兵们的关系(在他的想象里,他和其他士兵的关系基于战场上出生入死的兄弟感情……而决不是利用)。这是战地摄影的另一个困境。

要解决这个道德上的困境,摄影师需要说服自己。

这不容易。卡帕到1942年才从美国到英国,开始拍摄二战。在英国的一个早上,卡帕正在刮胡子,一度感到很犹豫:战地摄影师时刻需要硬起心肠去拍摄悲惨的画面,但他却想保持自己的慈悲之心。这是莫大的冲突。

这个情景就像一张照片一样,长久地停留在我的心里。每当看到一张肢体残破的照片,每次看到流离失所的难民若有所失的眼神,每次看到饥饿的孩子蜷缩在皱巴巴的土地上,我眼前就会浮现出这个情景。站在英国风格的浴室里,脸上涂着肥皂沫,胡子剃到一半的卡帕对自己说:

> 如果不看士兵死伤的照片,那些坐在机场跑道周围的士兵的照片会给人错误的印象。恰恰是那些展现死伤的照片才揭示了这场战争的真实性。[1]

在乔·怀特(Joe Wright)导演的电影《赎罪》(*Atonement*)里面,一个小姑娘目睹了一起诱奸,当警察让她指认那个行为不端的男人时,尽管她当时看清楚了罪犯的样貌,她却把手指向了一个完全无辜的人。她并不是要有意栽赃给后者。完全不是。她甚至一直暗恋着被冤枉的人。只是,她暗恋的对象可能要成为她的姐夫,激烈而模糊的嫉妒情绪让她产生了一种错觉,也许内心深处还有一种报复的愿望,总之,那种强烈的情感和随之产生的幻念,不由自主地修改了她的视觉记忆。

"眼见为实"是一种比较粗浅的说法。尽管"目击"仍然受到刑事法学的承认,但是在采信过程中也越来越谨慎——出于利益或者道德的原因,目击证人

---

[1] 罗伯特·卡帕:《失焦:卡帕战地摄影手记》,徐振峰译,广西师范大学出版社,2005年,第34页。

说谎是屡见不鲜的,有时候,他们甚至会因为一种歪曲的情感,或者心理上的原因,像《赎罪》里的小女孩一样,错以为自己的想象是目睹的事实。

但人们很少怀疑一个摄影师口中的见闻。如果他的语言有照片为证的话。

人们相信了杂志上刊出的卡帕的照片。相信了和照片一起刊出的共和派士兵被子弹击中的故事。如果说少数人怀疑这个故事,仅仅是因为这张照片实在太有名了,而这个故事又有太多含糊其词的地方。要确认战争的死者并不是件容易的事情。人们花了很多时间去寻找卡帕照片上这个男人,他是谁,来自哪里,为何参战,曾经经历过哪些可怕的战斗,甚至他令人震撼的死亡到底有没有发生过……这只是少数的特例。我们相信照片,尤其是新闻照片,相信它们意味着"真实"。

唯有真实能够缓解摄影师内在的困境。卡帕被公认为是最勇敢的战地摄影师。"勇敢"——在战地摄影师的定义里,如果不能说这个词就意味着一切,如果说还有其他的词能够与"勇敢"并提,那么,唯有"真实"能与之相提并论。

真实和真理一样,本身并不带有道德色彩,更非一种价值判断。然而,当照片所揭示的真实性被用于破解道德上的难题时,真实就进入了等级森严的道德领域;真就会变成善。目睹死伤的战士并且拍摄他们,毫无疑问是残忍的,让人反感。唯有摄影师相信自己在追求真实,也即追求一种更高的价值时,他们才能硬起心肠,克服这种残忍的行为带给别人的不快和带给他们自己的不安。

从人性的角度,我更愿意相信勇气往往出自于少数人热衷于冒险的天性。但真正有趣的是摄影师如何用真实这个词来解除冒险导致的困境。换句话说,如果没有真实(的道德价值)这根救命稻草,猎取影像的战地冒险就会被看作是一种残忍的、令人厌恶的食腐般的行为,摄影师就会被看作是不择手段的逐利小人。但真实这一概念,让摄影师能够以一种据说可以被称作客观(而非残忍)的态度,匆匆奔向他人残缺的身体,并且冷静地举起相机,将悲惨的场景一一记录下来。

许多人乐于重复罗伯特·卡帕的一句名言:如果你拍得不够好,是因为你靠得不够近。在他的追随者心目中,卡帕对死亡的超脱态度可以说明他是一个勇敢的人，但是仅此而已。他们显然低估了他。卡帕对摄影与真实的关系的阐发更为重要。他几乎是一个人奠定了战地摄影的道德根基。

第二章　Photoshop 和暗房

罗伯特·卡帕试图用摄影的真实来解除软弱对事业的阻碍。他进行的努力一点也不新奇。至少，从文艺复兴以来，理性逾越人性的努力已经成功地说服了现代人，那些阻碍我们理解世界的东西（例如战地摄影师面对残酷景象而不忍心举起相机），如果不是一种罪过，也是需要克服的弱点。这种弱点是我们与生俱来，因此是人性的弱点。对人性的不信任已经成了现代人性的基石。

问题在于，追求真实的照相术有它自己的难题。真实性虽然得到了现代工业的承诺，但是，这个承诺如同一栋墙壁坚固却门窗洞开的房屋。真实性从光学机械制造业的前门走进这间房子，又从化学的窗户里离我们而去。把真实和摄影绑定在一起，有时候会产生非常好笑的效果。

2006 年 8 月，以色列士兵越过黎巴嫩和以色列的边境，深入黎巴嫩国土打击真主党武装。和历次中东冲突一样，这次局部战争吸引了西方传媒的高度注意，各大通讯社每天发回大量照片。这些照片几乎和一次性塑料袋一样，属于谁也不会放在心上的快速消费品，只有两张照片在与时间和遗忘的绝望的抗争中稍许占了上风。它们是为路透社工作的黎巴嫩摄影师阿德南·哈吉（Adnan Hajj）拍摄的作品。然而这次胜利对战地摄影行业来说是屈辱的，阿德南·哈吉的照片决没有什么了不起的风格，更不要说他完成了罗伯特·卡帕式的传奇工作；恰恰相反，他之所以会被人提起，是因为被读者在博客中揭露出来，他对那两张照片动了手脚。

其中一张照片上，贝鲁特市郊刚刚遭到以色列空军的轰炸，密密麻麻的城市建筑群上飘起了浓烟。许多建筑和烟都是假的。哈吉使用 photoshop 工具上的"复制"和"粘贴"功能，使建筑看上去更密更拥挤，还增加了硝烟的浓度——经过这样一番处理，那张平庸的照片的确增加了些许戏剧性，变得更加醒目。这种拙劣的伎俩就这样一再被这位摄影师所采用（在另一张照片中，一架以色列的 F16 战机下有三条火焰，表示这架飞机刚刚发射了三枚导弹，然而其中两条火焰事实上并不存在，那两枚天外飞仙式的导弹完全是 photoshop 的产品），并且屡屡逃过了路透社摄影编辑的审核（如果他们在发表摄影师的作品前有过审核的话）。

这不是新闻摄影师第一次欺骗读者，也不会是最后一次。最初，摄影师为自己辩解说：他只是对一张弄脏了的照片做了一些常规处理。后来他沉默了。别人就为他解释说，他是想照片能够卖得更好。还有一些人做了许多一厢情愿的猜测，比如说摄影师作为一个黎巴嫩人，他反感以色列军队，所以决定夸大黎巴嫩受到的伤害，如此等等。不管怎么样，因为新闻行业多年以来形成的行业规范，这个摄影师的前途多半要被他自己的愚蠢行为葬送了。

在刚开始的小小的哗然中，一个技术决定论者会说，最重要的原因是因为造假在技术上越来越容易；制度主义者认为，路透社的管理混乱，要负最主要的责任。但这样的讨论注定是没有结果的。摄影师和媒体遭遇了短暂的信任危机——短暂得甚至不能称为危机。路透社固然感到难堪，但这难堪很快被遮掩过去了，读者和媒体对这种事情没有提出抗议，某种程度上，他们表现出的冷淡是一种麻木。读者的神经被虚假的照片多次洗礼过，现今对这一类丑闻不再敏感。他们不相信新闻业，所以对这种事情已经变得无动于衷了。

那一年 8 月，路透社宣布中止同阿德南·哈吉的合作。此后不久，传来一条不起眼的小消息，美国摄影师乔·罗森塔尔（Joe Rosenthal）在旧金山家中去世了。

罗森塔尔也拍摄过著名而有争议的照片。1945 年 2 月，他随美军赴太平洋上的硫磺岛，参加登陆作战。罗森塔尔拍摄了美国士兵将旗帜插上山顶的瞬间。

照片很符合美国人期望的英雄形象，因此广为传播，印刷品铺天盖地。这张照片后来获得了普利策奖。但一发表就有人质疑，照片是事后摆拍的。

罗森塔尔不止一次回忆过这张照片的拍摄过程：

> 战斗的第四天，我随指挥舰到关岛，把一包胶卷送到指挥部去冲洗。第二天早上，有人通知我，Hollan Smith 将军和海军正乘一艘小船在离岸一英里的地方视察战场。我上了这艘船。我以 Surabachi 山为背景，为将军和海军秘书拍了一张照片。我不停地从这条船换到那条船，想找个靠岸近一点的地方。一个通讯兵告诉我，有一支小分队要把旗帜插到山顶上去。我很诧异他们在战斗的第五天能够这样做。我说，"我要去那拍张照片"。半路上我们碰上了四个海军陆战队士兵，为海军的杂志 *Leatherneck* 工作的 Louis Lovery 也在他们中间，Lovery 和其他人都说那支巡逻队已经把旗帜插到了顶峰，他拍到了照片。但我决定无论如何要拍一张有旗帜的照片。四处还有断断续续的交火，但迫击炮已经打不到我们了。一英里半外是岛的北端，在那里，激烈的战斗仍在继续。我翻过一座小山，看到我们的旗帜在那里飘扬。我感到一阵哽咽。那是我们的旗帜呵。走近一点，我发现三个陆战队员拿着一根长管子，另一个人手上拿着一块按照传统方式叠成三角形的旗帜。
>
> "干嘛呢，哥们？"
>
> "我们要竖起一面更大的旗帜，让整个岛上的人都看得到。"他们还说，要把第一面旗帜留作纪念。
>
> 我走到旁边选好一个位置，估计能够把整个旗杆都拍进去，等着看他们升旗。前景里有些灌木挡着，我担心拍不到士兵们的下半身，又找了些石头和日军的工事沙包，站在上面。我因此高了一两尺。我刚站上去，Bill Genaust，一个海军的摄像师，跑过来站在我右手边，问我能不能站在那里，我说可以。这时他们开始升旗了。比尔拍到了旗帜从地上到升起来的非凡一刻（九天后他战死了）。……我们没有一点事前的沟通。旗杆很重，不是

钢的就是铝的，大概原来是供热或者供水的管子……他们把旗杆插在一个浅浅的坑里，三个人扶着，另一个人用绳子在上面绑了了几道。然后搬了许多石头压在旗杆周围……我或多或少见证了战争发生转折的时刻。在此之前，从来硫磺岛上发回的报道都很悲伤，那里的战事持续胶着，有时候是几尺几尺地向前推进。对后方的人来说，这张照片是一个巨大的鼓舞。

升旗的照片是全部十二张底片中的第十张，第十一张是他们扶着旗杆，最后一张照片是我摆拍的，我让一些士兵在旗帜下举着枪欢呼。这张群像也不错，但是更像是一张毕业照。拍照后第九天，我回到关岛的新闻中心，有个记者祝贺我拍到了好照片，我说谢谢，他问我是不是摆拍的，我以为他们说的是那张群像，就回答说是的。但是后来我看到了那张升旗的照片，意识到他问的是这张照片，我告诉他，这张不是摆拍的，但不幸的是，有个记者只听到了前面的话，在文章里说，这张照片是伪造的，说我摆拍了这张照片云云。[1]

尽管 Bill Genaust 拍摄的那段录像后来也找到了，但这张照片引起的争论持续了几十年，到罗森塔尔去世的时候也没有消失。而我不怕麻烦地把罗森塔尔的自辩全部引用在这里，是为了说明，真实与摄影的关系是多么脆弱。第十张：真的，第十一张：真的，第十二张：用罗森塔尔的话说是"摆拍的"，在其他人看来就是"假的"。"真的"和"假的"，其间的距离，竟然只有几毫米的差别。

即使是新闻照片，大多数群像也都经过摆布，多少有表演的成分。观者不是不知道，他们看这样的照片，仍然喜欢那种特定环境中人头济济的热闹场面。要说这种喜爱有什么理由，这和有些人喜欢挤在集市上、剧院里和游行队伍的人流中，其实也差不多。一张群像的照片，构图本身已经很拥挤，以至于很难再容纳下"真实"或者"必然性"了。

---

[1] Mark Edward Harris：*Face of the Twentieth Century：Master photographers and Their Works*，New York：Abbeville Press，1998. P51—52. 本文作者译。

"第十张:真的":这张照片广为流传,美国政府将其制作成海报,用于促销战争债券。2006 年,克林特·伊斯特伍德(Clint Eastwood)以照片中人物的经历为背景,拍摄了电影《父辈的旗帜》(*Flags of Our Fathers*)。

硫磺岛

1945 年 2 月

乔·罗森塔尔(Joe Rosenthal)

"第十二张:用罗森塔尔的话是 '摆拍的'"

硫磺岛,1945年2月,乔·罗森塔尔(Joe Rosenthal)

《巷战》(《自由引导人民》),布面油画,1830年,欧仁·德拉克洛瓦(Eugène Delacroix)

可笑之处在于，我们从来不向第十二张底片（一群士兵举着枪在旗帜下欢呼）索要真实，却因为第十张底片（几个士兵在升旗）有不真实的嫌疑而耿耿于怀。实际上，它们的真实差距也许是一个普利策奖罢了。

罗森塔尔的照片和德拉克洛瓦（Eugène Delacroix）的名画《巷战》（即《自由引导人民》，*La Liberté Guidant le Peuple*）有许多相似之处。德拉克洛瓦的画面上，许多持枪的男人在半裸的胜利女神的带领下冲锋；女神一手持枪，另一只手上举着象征着自由、平等、博爱的三色旗。从来没有人向德拉克洛瓦的油画索要真实：他尽可能把死伤狼藉的巷战场面画得逼真，情景十分写实，但我们肯定画家有虚构的权力。

摄影被看作是（并且尤其是）一门（很有可能是唯一的一门）关于真实的艺术，而其他视觉艺术（绘画和电影）从来不需要承担这一点。原因很简单：其他艺术从来没有变成新闻业的工具。

二十世纪因为新闻业的发展而改变，这一点今天已经成了常识。生活日趋复杂，受过教育的人们需要更多和更真实的信息来帮助自己做出判断。最终，人们习惯于通过报纸上的观点和事实来构建心目中的世界。二十世纪的新闻业是一个从业者人数众多，并且大权在握的行业。它不仅提供消遣和娱乐，也向受众承诺了政治和道德上的价值。

在一个民主制度巩固的社会，一切权力都不可能独揽，而必须与其他的权力竞争。新闻业为维持和壮大刚刚获得的权力，一方面揭露出层出不穷的丑闻，另一方面，它把真实作为最宝贵的道德价值承诺给了公众。在一个美国式的传媒社会中，这一承诺产生了深远的后果。

但时至今日，尽管公众对于新闻业的承诺仍然怀有敬意，也很少有人把新闻记者的描述当作是真实本身了。所有的信息都需要旁证，并且参考其他材料，加上适当的怀疑，才能够构建我们对事件的初步的认知。即使如此，也有必要提醒自己，我们对单一的事件的了解，永远是建立在偏见之上的。穷尽事物的可能性，这种试图抵达真实的冲动，在认识论上已经被确定为不可能完成的任务。

文字，即使是最强调客观中立的报纸对事件的描述，记者也必须在短时间内对大量材料进行挑选和剪裁，以便尽量清晰和有逻辑地向读者报告正在发生的事情。如果这些报道仅仅是暗示或者诱导读者相信"事情是这样的"，已经算得上公正的作为。事实上，绝大多数新闻报道都在把自己的结论强加给读者。而照片与真实的关联，似乎要牢固得多。只要不像阿德南·哈吉那样动大手脚，新闻照片看上去都应该是真实的。

新闻业向公众推销自己的良心的时候，顺便在照相术和真实之间建立起了并不存在的关联：之所以出现这种情况，并非人们以为摄影记者的良心比文字记者更可靠。我们相信新闻照片应该是真实的，不是因为其中的人的因素（摄影师的良心），而是其中的物的因素（相机）。由于现代摄影系统的成像原理复杂而精密，这种精密不仅被看作是精确记录的保证，而且已经被看作是精确本身。

精确：即使是细微之处也能够做到准确反映，这种理想状态需要高度组织化的多部门协同作业，要到现代工业产生之后才可能实现。现代摄影系统是现代工业高度完美的结晶。仅凭此一点，我们就相信相机比画家和作家手中的笔更能够接近真实。我们赋予视觉的信任并不比我们赋予其他感觉的信任多，我们之所以相信照片意味着真实，不在于"眼见为实"，而在于相信机械将排除人对事实的歪曲。

机械能够更准确地度量长度、体积和重量，它们的出现纠正了人在掌握世界时的不精确和无法避免的歪曲（测谎仪让人本身也成了被检测的对象）。测距仪、天平这样的测量工具能够广泛应用的前提，正是我们相信它们相比人的感官更精确，更能够接近真实（测谎仪能够广泛应用的前提是我们相信人们会刻意地掩盖真实）。因为同样的原因，我们相信相机（一架视觉的测谎仪）。

作为日常生活完全依赖工业体系的现代人，我们对机器的信服像那些表现出"斯德哥尔摩综合征"的人质一样，尽管这种关系是扭曲的，然而却自然而然地发生了。可悲的是，我们向摄影索要真实，是因为我们相信相机这黑色的不透光的仪器有神奇的魔力，能够把真实从我们目之不能及的地方带到我们眼前。如果我们有幸和相机一起身临其境,我们就会用照片而不是语言来重述

在表现战争或政治运动的场景时,摄影师偏爱旗帜。旗帜代表最终的胜利,也宣示了特定的价值观念,但拍摄过程往往令人生疑。斯大林喜欢这张照片——它是专门为他拍摄的。

苏联国旗插上德国议会大厦

1945 年 4 月—5 月

叶夫根尼·哈尔杰伊(Yevgeny Khaldei)

巴黎的游行队伍中手举法国国旗的女孩

1968 年 5 月

让－皮埃尔·雷（Jean－Pierre Rey）

经验。保证不会说谎的不是我们自己，而是……照相机。近代以来，我们陶醉于新的生活的经验，某种程度上就是臣服于机器的魔力。自从照相术发明出来以后，语言就成了照片的补充。一开始，这只是机器征服世界的过程中迈出的小小的一步。时至今日，没有照片，我们就不能阅读，无法重述，别人的故事就会变得苍白无力，而自己的过往的生活就会变成无数莫知其所以然的碎片。事情发展到这一步，不打开相册，我们就不能拥有对自己的生活的记忆。我们很怀疑，那些没有拍摄下来的事情，到底是不是真的发生过。

我们在照相术与真实之间建立的关联，就取决于这两者：一种机器崇拜的无限的迷思，以及对新闻业的道德准则的有限的信任。如果我们能够破除对机器的"真实记录"能力的迷思，"照片是真实的"，这句话就仅仅具有道德上的价值，代表一种岌岌可危的信任感。

但照片经常说谎。

2007年，中国农民周正龙寻找和拍摄华南虎的故事是罕见的黑色喜剧。他声称拍到了野生华南虎的照片，让很多人觉得蹊跷。照片的原始数据经过了苛刻的检验，并且有专家对照片做了仔细的比对，得出的结论是，华南虎的影像是翻拍自另一张照片，寻虎与拍虎，都纯属闹剧。"周老虎"东窗事发引发了不少有趣的效应。一些以野生动物为主角的动过手脚的照片纷纷被揭露出来：一张照片上，一队藏羚羊列队通过一座铁路桥的时候，火车就在它们头上呼啸而过，这张照片显然是动过手脚的。和出自不谙照相器材的周姓猎人之手的虎照不同，藏羚羊的照片是专业人士制造的，还得到过来自传媒业内的表彰。照片出笼的时候被当作是难得一见的好新闻，但终于被网民证明，它和"周老虎"一样，是不折不扣的假货。

两件事的结局各异，然而同样不堪，证明我们生活在一个充斥着视觉谎言的世界上。暗房操作逐渐从黑洞洞的空间转移到电脑上之后，photoshop这样的软件确实使造假变得更加容易了。假照片是这样流行，有些人感到忧心忡忡，照片与真实之间的关联，似乎正变得可疑起来。

在阿德南·哈吉伪造照片的故事里，也许有一点可以拿出来单独说说，那就是技术决定论者的意见。技术决定论是机器工业发展起来之后出现的观念，多少与对机器的崇拜有千丝万缕的联系。这些人——这些技术决定论者，决不是高蹈的道德家，也不是激情泛滥的理想主义者，恰恰相反，他们是彻底的现实主义者——也许太彻底了一点。可以设想，与其让他们相信摄影师的职业伦理，他们也许宁可去发明一种能够鉴别照片真假的技术。他们的观点遭到了制度决定论者的抵制。在后者看来，将一个人会不会造假取决于造假的难易程度，这种想法有一个流行但是根本错误的前提。事实上，技术并不是决定真假的关键。一个行业会不会假货横行，并不取决于造假的难易，甚至不取决于这个行业的道德水准，而是取决于制度是否能够有力地约束造假行为。

他们当然有自己的理由。这些理由的确是摄影史自己提供的。有一件事情大家不大了解。在胶片摄影的时代，造假要比使用 photoshop 困难一些，但假照片同样比比皆是——说不定比今天还要多——只是我们不知道罢了。

米兰·昆德拉曾经讲过一个故事：

> 一九四八年二月，共产党领导人克莱门特·哥特瓦尔德站在布拉格一座宫殿的阳台上，向聚集在老城广场上的数十万公民发表演说……哥特瓦尔德的同志们簇拥在他周围，紧靠在他身边站着的就是克莱门蒂斯。正下着雪，天气很冷，而哥特瓦尔德头上什么也没戴。克莱门蒂斯关怀备至地摘下自己的皮帽，把它戴在哥特尔瓦尔德的头上。
>
> 宣传部门复制了成千上万份哥特瓦尔德站在阳台上向人民发表演说的照片，照片上的他戴着皮帽，周围是他的同志们。共产主义波希米亚的历史就是从这座阳台上开始的。每个孩子都知道这张照片，因为到处都可以看到，在宣传画上，在课本中，或在博物馆里。
>
> 四年以后，克莱门蒂斯因叛国罪被处以绞刑。宣传部门立即让他从历史上消失了，并且自然也从所有的照片上消失了。从此以后，哥特瓦尔德就一个人站在阳台上。从前站着克莱门蒂斯的地方，现在只剩下宫殿的一

"除了分手之后的情人,政治人物大概是最容易从一张合影上消失不见的。" 这四张照片的对比图来自《消失的人民委员》一书封面。

"温斯顿曾经认为一张留有日期的照片能够证明历史不可能完全被控制,但后来他觉得自己未免太乐观了。"

堵空墙。与克莱门蒂斯有关的，只剩下哥特瓦尔德头上的那一顶皮帽。[1]

克莱门蒂斯的命运是对摄影领域内"真实"两个字的讽刺，而这样的讽刺，实在是太多了。有人甚至专门出过一本书，讲述苏联的宣传部门如何根据形势需要，修改政治人物的合影。这本书的书名叫做《消失的人民委员》（*The Commissar Vanishes*）——历史上，除了分手之后的情人，政治人物大概是最容易从一张合影上消失不见的。克莱门蒂斯的故事可不只是在捷克和苏联才屡有发生。实际上，在那些历史需要不停地改写的神奇的国度里，修改照片（包括修改电视录像和电影）和修改报纸、修改油画或者修改教科书一样，只不过是一种专门而单调的工作。

在《一九八四》里，乔治·奥维尔把这项工作交给真理部下面的某个分支来完成。英社在革命成功之后进行了大清洗，革命元老除了老大哥之外，统统被当作叛徒和反革命被揭发出来。最后被处决的三位元老名叫琼斯、阿朗逊、鲁瑟福，党史里逐年逐月逐日地记录了他们的叛国罪行。然而，他们死后若干年，温斯顿在一叠等待处理的文件中发现了一张带有日期的纸片，是从多年前的党报上撕下来的，"上面是一幅在纽约举行的一次党的集会代表们的照片，中间地位突出的是琼斯、阿朗逊、鲁瑟福三人。一点也没有错，是他们三人；反正照片下面的说明中有他们的名字。"[2]

温斯顿感到害怕：根据党史的记载，照片拍摄的那一天，三位元老决不应该身在纽约。他们应该在世界的另一端从事卖国活动才对。

这张照片成了"被抹掉的过去的一个碎片，好像一根骨头的化石一样，突然在不该出现的断层出现了，推翻了地质学的某一理论。"温斯顿觉得，这张不该存在的照片存在于世，似乎证明"党对过去的控制"并不是那么牢固。他想，如果这张照片公布出来，也许党就会"化为齑粉"了。[3]

---

[1] 米兰·昆德拉：《笑忘录》，陈亮译，上海译文出版社，2004年，第3～4页。
[2] 乔治·奥威尔：《一九八四》，董乐山译，辽宁教育出版社，1998年，第68页。
[3] 乔治·奥威尔：《一九八四》，董乐山译，辽宁教育出版社，1998年，第68页。

然而，看到照片若干年后，温斯顿的绝望没有减轻，反而加深了。在温斯顿所在的真理部，无数人日复一日地忙着根据老大哥的需要和意志修改历史文献，原来的报纸被销毁，修改后的报纸重新印刷存档，而且，"不断修改的工作不仅适用于报纸，也适用于书籍、期刊、小册子、招贴画、传单、电影、录像带、漫画、照片——凡是可能具有政治意义或思想意义的一切文献书籍都统统适用"。[1] 既然"全部历史都像一张不断刮干净重写的羊皮纸"，一张没有来得及销毁的照片，又能说明什么呢？也许人们会感到一阵茫然的晕眩，但经过真理部对历史逐时逐刻而事无巨细的篡改，人们"无论如何都无法证明曾经发生过伪造历史的事"。[2]

温斯顿开始怀疑自己的遭遇，这张不应该出现的照片是否只是一个诱饵？"老大哥"可能在试探他的忠诚。毕竟，"老大哥"通过机器，监视人们的一举一动，没有什么是"老大哥"不知道的，没有什么是"老大哥"不能知道的。"老大哥"的帝国是不可能被摧毁的，被摧毁的只是普通人的日常生活。

温斯顿曾经认为，一张留有日期的照片能够证明历史不可能完全被控制，但后来他觉得自己未免太乐观了。事实上，"过去不但遭到了篡改，而且不断地在被篡改"，到最后，"供词已一再重写"，"原来的日期和事实已经毫无意义"。[3]

在暗房时代，照片当然是能够并且常常遭到篡改的。尽管并且恰恰因为人们知道照片将用于说明历史，很多照片在拍摄的时候，已经包藏了篡改真实以误导视听的用心。

所以，造假的关键绝不在技术的难易。如果制度暗示、鼓励或者强迫摄影师篡改、编造和说谎，不管技术上有多难，人们都会迎难而上。移花接木、无中生有、改头换面甚至大变活人……但凡photoshop今天干过的事情，都有人在暗房里面干过。没有互联网，普通人不了解其中的奥妙，而知道其中奥妙的人，

---

[1] 乔治·奥威尔：《一九八四》，董乐山译，辽宁教育出版社，1998年，第36页。
[2] 乔治·奥威尔：《一九八四》，董乐山译，辽宁教育出版社，1998年，第36页。
[3] 乔治·奥威尔：《一九八四》，董乐山译，辽宁教育出版社，1998年，第68页。

又不能让自己的意见周知。假照片不被揭露出来，就不会有公众的抗议，没有抗议，就没有压力，没有压力，谎言就没有顾忌，就敢于重复。谎言重复一千遍仍然是谎言，但上当受骗的人会多很多。在这一点上，乐观的技术决定者和制度决定论者取得了罕见的一致。关键是防止这样的事情发生。在他们各自的逻辑链上，暗房与 photoshop 的区别，不过是小节罢了。

第三章 "海报上少了一个人"

三十多年前,在黑龙江鸡西,张大力的父亲往家里拿回来一张海报。这张海报上,周恩来居于画面中央,手里捧着玫瑰和马蹄莲的花束,而毛泽东和朱德分别立于周恩来的两侧。在他们的身后,一架绘有"八一"字样的中国包机停靠在跑道上,一名工作人员正从机舱里往外搬运行李。

海报是根据照片制作而成的,而照片的内容显然是周恩来的同事们欢迎他出访归来。尽管高级干部之间这种迎来送往的场合具有高度的政治性,但照片却抓取了一个亲切的瞬间,人物的表情相当传神:周恩来面朝毛泽东,似乎正在和毛打招呼;他看上去精神良好,丝毫没有长途旅行后的倦怠。毛泽东居于画面右侧,双手交叉,神态从容,注视着周恩来的眼睛,而朱德站在周恩来左侧身后。他们似乎刚刚谈起某件趣事,画面上的人物都流露出了轻松的笑容。尽管不知道他们彼此交谈的内容,但他们的笑容让画面显得颇有感染力。这次迎接似乎并不是政治礼仪的需要,而纯粹是迎接老战友的私人会面。

但海报的文字说明却否定了这种可能性。事实上,和海报上三位人物的轻松神态相比,照片的背景非常沉重:

> 一九六四年十一月,周恩来同志率领中国党政代表团,参加苏联十月社会主义革命四十七周年庆祝活动期间,坚决回击了苏修叛徒集团对我党的恶毒攻击,捍卫了马克思主义、列宁主义、毛泽东思想。周恩来同志从

莫斯科回到北京时，受到毛主席和朱德委员长以及首都人民的热烈欢迎。

张大力的父亲将这张海报带回家的时候，距离画面中的历史事件已经过去了十多年，海报中的三个主要人物已经在1976年间先后去世。张大力回忆不起父亲将海报带回家的具体时间。他能够确定的是，毛泽东发动的"文化大革命"，当时已随着"四人帮"的倒台而结束。

父亲准备张贴这张海报。他们打开它，端详许久，想必还要在墙上选择一个合适的位置。不知是出于什么原因，在张贴海报的时候，父亲颇为迷惑地对张大力说：

"海报上少了一个人。"

在张大力位于北京郊区宽敞的工作室里，隔着三十多年时间，我们看着张大力的父亲带回家的海报，可以讲出很多惊心动魄的故事。

"文革"结束后的几年，仍然是中国政治最微妙、最紧张的时刻。人们相信，这张海报在那时候出现，不会是偶然的事情。即便是最底层的中国人，经过几十年政治运动的洗礼后，也掌握了一套完整的解读政治动向的理论。那些富有仪式感的事物：党报报道中出现的名字、高级干部的排名顺序、照片、海报、在电影正式开演之前放映的《新闻简报》等等，都受到高度的注意。人们从中揣测高层人事的变动，以及中央对某些人物和事件的评价。因此，这张1964年的照片重新被制作成海报发行，不由得不让人们顽固地相信，周恩来重新出现在画面中央，并且以如此亲切放松的状态站在他的战友之间，必定有某种原因。

事实可能的确如此，但很难得到验证。高层级的政治生活一直隐藏在文字和影像的迷雾背后。1949年以来，人们见识了太多诡谲的政治变动：一个默默无闻的人突然上升到高位，接受群众的欢呼和拥戴，然后以更快的速度沦为政治斗争的牺牲品，受到谴责和践踏。受到公开或不公开批判的高级干部，不得不离开权力中心，但其中极少数人也有可能获得谅解，从而重新掌握权力——邓小平就是最好的例子。在高层政治起伏不定的波澜中，周恩来的稳固地位是很罕见的。从 1949 年开始,他开始担任政务院(后改称"国务院")总理的职务,从那时候开始,尽管党内排名有起有落,他就没有离开过位于北京中南海的国务院中的办公室。作为政府首脑,周恩来始终兢兢业业地配合党的领导人——无论是毛泽东、刘少奇,还是林彪和王洪文——管理国家,勉力维持经济正常运行。但稳固的地位并不意味着顺遂的政治处境。许多年以来,政治运动的风向摇摆不定,到了"文革"后期,除了毛泽东,几乎所有高级干部都不免有岌岌可危之感。人们认为周恩来有一种牺牲自我、委曲求全的性格,他受到江青等继起的政治人物的挤兑,其困难处境甚至在他活着的时候就传到民间。1976 年他因为疾病和积劳而死,死后引发了群众大规模的自发悼念。

1976 年的清明节,人们集聚在天安门广场,那里到处悬挂着周恩来的画像、花圈、挽联和手写的诗歌。朗诵、阅读和传抄诗歌的热潮久久不退,让中共中央内的实权人物——江青、王洪文、张春桥和姚文元等人感到紧张。毛泽东虽然还在世,但身体已经极度衰弱。王洪文是毛泽东在林彪事件后为自己选定的接班人。但在晚年,毛泽东陷入了反复的自我否定。他开始怀疑王洪文是否具备接班的资历和实力。悼念周恩来的群众集会,实际上是对可能的权力安排的无声抗议(一直有传闻说,张春桥将接替周恩来的位置,出任国务院总理)。有些悼诗写得相当直白。其中一首诗里有这样的句子:欲悲闻鬼叫,我哭豺狼笑;洒泪祭雄杰,扬眉剑出鞘。所以,当整个清明节的悼念活动被定性为"天安门反革命事件",人们并不感到意外。

大规模的甄别和清洗随即展开,所幸,随着毛泽东在几个月后去世,"四人帮"被捕,华国锋叫停了清查运动。悼念活动得到了官方肯定,被看作是要求推翻"四人帮"的民意表达。随后,藏匿在民间的悼念诗词结集出版,书名为《天安门革命诗抄》——"反革命事件"就这样变成了"革命"的壮举。

发生在周恩来死后的事件,帮助周恩来最后一次从争议的漩涡中脱身出来。他作为老一辈革命家的形象得到了维护,他被看作一个鞠躬尽瘁的共产主义者,毛泽东的亲密战友和最重要的助手,中国人潜意识里的良相和能臣式的人物。人们真心地怀念他,而这一切都表现在了张大力的父亲带回家的那张海报里。

然而，到底谁从海报上消失了呢？三十多年前，人们对政治的态度绝对是谨慎的——祸从口出，谨言慎行在政治运动中是明哲保身的不二法门。张大力的父亲是个普通的电厂工人，从来没有和自己的儿子深入探讨过任何政治话题。"海报上少了一个人"——这句含糊的话也许只是他张贴海报时一句下意识的嘀咕。张大力没有追问，父亲自己也忘了这句话，本来应该出现在海报上的那个人，再次消失在了时间的河流里面。

1982年，张大力离开东北老家，到北京上学。毕业后，他拒绝了组织的安排，没有回东北老家，安分守己地进一家出版社做美术编辑，而是选择留在北京。张大力的父母崩溃了。对一个普通的电厂工人家庭来说，出一个大学生是一件很不容易的事情，但最后的结果却是两手空空、一无所获：张大力没有工作、没有户口、没有收入，变成了一个为正常社会所不齿的流浪汉。

整个二十世纪八十年代里，张大力是梵·高的崇拜者。我觉得，与其说是梵·高影响了张大力，还不如说《梵·高传》的作者欧文·斯通（Irving Stone）给他的影响更大。斯通讲述了一个天才艺术家的故事：他不被时代所理解，却依然创造出无与伦比的作品，并且深深地影响了后世。《梵·高传》有一种罗曼·罗兰式的个人英雄主义气息：也许正是这种气息鼓舞了穷困潦倒的中国艺术家。然而，随着二十世纪八十年代的终结，这种影响很快就消失了。1989年，张大力去了欧洲。在欧洲，他第一次看到了梵·高的真迹。梵·高那些尺幅不大的作品让张大力大失所望。

有一瞬间，他觉得自己过去一直生活在误解——对梵·高的误解，对西方的误解，对艺术潮流的误解——当中。他觉得自己甚至误解了中国。当他放弃一切追求艺术的时候，同学中头脑灵活的人已经发现了商业机会，通过开印刷厂赚到了第一桶金。出国六年后，他从欧洲回到北京，差不多仍然一无所有。老同学吃饭，都是别人埋单。一切必须从头开始。

差不多十年之后，张大力才有了自己的工作室，并且有能力为朋友聚会埋单。他的工作室里集中了他这些年的主要作品：照片记录他早期创作的涂鸦和一些介乎涂鸦与装置的作品——残垣断壁之上的大光头,他画油画——政治波普风格的,尺幅很大。除了这些,他还做装置。工作室里有一件规模相当大的作品:几十匹马组成一个方阵,上面骑着一群农民工。我们走进工作室的时候,一个北京郊区的农民蹲在地上,正往一匹马标本的皮毛上涂抹什么东西,张大力解释说,这里太潮湿了,马脚都裂开了。

看到这些作品,我自然地会想起美术评论家巫鸿的话来:中国艺术家的胆子太大了;他们真的什么都敢干。[1] 巫鸿是芝加哥大学教授,也是张大力的策展人。

如果继续干下去,张大力有可能变成一个非常有中国特色的艺术家:大胆、无视规则、在政治和商业之间保持微妙而模糊的平衡。艺术品市场也能够很方便地将他归类。但他却对那些被修改的视觉形象着了迷。

张大力想起了父亲许多年前的喃喃自语:"海报上少了一个人。"这个迷惑的句子回到他的脑海,让他重新思考中国当代历史,是他成为职业艺术家很久之后的事情。

到底是谁,应该却没有出现在海报上?2003年的一天,张大力决定找到他。没有费多少时间,他就发现了那个不翼而飞的人:刘少奇。

1964年迎接周恩来访苏回国的欢迎仪式规格很高。中共中央委员会主席毛泽东、国家主席刘少奇和全国人大常委会委员长朱德悉数出席。在记者当年拍下的照片里,刘少奇站在毛泽东的左侧,位于画面最右边。和朱德一样,刘少奇戴着一顶便帽,面露笑容。尽管毛泽东的眼光近距离地直视周恩来的眼睛,但在摄影师摁下快门的一刹那,周恩来其实在看着刘少奇。

在公开场合,人们都将刘少奇看作是毛泽东亲自选定的接班人。二人的关系在延安时期就十分紧密。刘少奇是革命的理论家。在延安召开的中共"七大"上,他提出了"毛泽东思想"的新说法,将毛泽东在国际共产主义运动中的地位提升到仅次于马克思、恩格斯、列宁和斯大林的位置。毛泽东是中华人民共

---

[1]《艺术研究,也是艺术创作——王晓渔对话巫鸿》,见《艺术世界》,2010年9月号。

和国第一届国家主席，刘少奇是第二届国家主席，毛泽东多次表示，自己从党中央主席的位置上退居二线之后，接替他的将是刘少奇。

但这些承诺最后没有兑现。"文革"开始后，毛泽东写下一张大字报：《炮打司令部》，将其张贴在中南海内的办公场所。这篇檄文的锋芒所指正是刘少奇。刘少奇很快失去了权力，随后又失去了自由，尽管他手持《宪法》，竭力维护自己作为国家主席的尊严，但还是受到了严酷的肉体和精神虐待。在党的会议上，刘少奇被宣布为"叛徒、内奸、工贼"，永远开除党籍，撤销一切职务。他被遣送到外地，1969年病逝于河南，死后又被剥夺了真实姓名。刘少奇的骨灰盒上写着一个陌生人的姓名："刘卫黄"。这是对一个人及其政治影响所能实施的最彻底的消灭。

从刘少奇被打倒的那一天开始，他的形象就被被丑化成漫画小丑，北京的大学生在天安门广场焚烧他的头像海报。新闻照片被篡改，在暗房中，有人精心地将他的形象从合影里剔除出去。根据新照片制作的报刊和宣传画上，刘少奇严肃的面孔消失得干干净净，就像这个人从来没有存在过一样。尤其是那些本来用于反映刘少奇和毛泽东亲密关系的照片，后来变得极度不合时宜，删销就成了一项迫切的工作。

沿着这条线索，张大力开始寻找那些照片上的失踪者。1959年4月的第二届全国人大上，刘少奇当选为国家主席，会后他与毛泽东并肩在中南海怀仁堂的后院里接见了全国人大代表。照片上的毛泽东开怀大笑，大步向前，刘少奇则略显拘谨，落后毛泽东半步——几年之后，照片上只剩下了毛泽东孤独的身形。

另一张迎接周恩来访苏归来的照片拍摄于1961年，画面上有三个人：周恩来位于左侧，面向右侧的毛泽东，两人紧紧握手，而刘少奇站在二人中间——这张照片刊登在1964年1月号的《民族画报》上，而在1978年中国历史博物馆主编的《纪念周恩来总理》画册里，刘少奇消失了。不止是照片，其他视觉形象也不例外。《开国大典》中，刘少奇站在毛泽东身后，这幅画也被交付给作者董希文，要求修改。这是《开国大典》的第二次修改。在第一次修改时，画家去掉

雷锋在不同背景前劳动，左图可见于《雷锋精神永放光芒》宣传画册，右图见于1965年出版的新闻展览照片《学习雷锋好榜样》。

张大力私人收藏

普通士兵雷锋

左图可见于1977年12月出版的《伟大的共产主义战士——雷锋》，右图见于1990年出版的《雷锋画册》。

张大力私人收藏

了中央政府副主席高岗的形象——1954年,高岗被指控从事分裂党的活动,被打为"高岗、饶漱石反党集团"的首犯。历史学家普遍认为,他当时试图挑战刘少奇的接班人地位,才招致大祸。高岗于1954年自杀身亡,他的形象随即从《开国大典》上消失了。

作为一个视觉艺术家,张大力对暗房和画室中的修改手法并不陌生。他饶有兴趣地发现,长期以来,这套手法被用于塑造普通人对政治的认知。每当发生新的政治运动,修改视觉形象就成了制度性的反应。

寻找照片上的失踪者是一件让人难以割舍的工作。从2004年开始,张大力沉湎于故纸堆,搜寻同一张照片的各种不同版本。发现越来越多——在不同的年代,出于不同的目的,人们对一张底片做了种种修改。一个人在这张照片上出现,在另一张照片上消失,又在第三张照片上重新显影——这种暗房的魔术背后,掩藏着一套视觉的密码。渐渐地,张大力觉得,当代中国一些最重要的变化,就藏在这套视觉的密码背后。

张大力陆续找到一些照片的不同版本。这些照片出自同一张底片,但在读者面前却呈现出不同的形象,将它们并置在一起,历史的视觉密码就会自然而然地浮现出来。

修去朱德军帽上的青天白日徽章只是略施小技,删除照片上原有的人物是最常见的,原因可能有很多种。抠去刘少奇的影像完全是出于政治原因。1945年召开的中共"七大",对毛泽东和刘少奇都是十分重要的一次会议。摄影师拍下一张主席台的照片,毛泽东正扭头和左边的周恩来谈话,位于毛右边的刘少奇靠在椅子背上,朱德位于主席台远方。座位的安排是延安的权力秩序的一种反映,因此,1966年之后的很长时间里,将刘少奇从这张照片上剔除掉,就是很容易理解的事情了。

出于同样的理由,北京市委书记彭真也从毛泽东身边消失了。1958年毛泽东在十三陵水库工地参加义务劳动的照片中,彭真本来和毛并肩而立。彭真被打倒后,他在照片中的位置被一个工作人员的背影所取代。

1978年出版的画册《纪念周恩来》中使用了1938年10月的一张合影，周恩来的右边站着朱德，左边则是一片可疑的空白。十二年后，另一本画册再次使用这张照片，空白消失了，彭德怀赫然出现在那里。

同一本书再版的时候，同一张照片也可能有不同版本。1978年出版的《纪念周恩来》画册中，有一张毛泽东、周恩来和朱德三人在长征到达陕北之后的合影。1989年，这本画册再版的时候，照片上多了一个人：博古出现了。

有一些修改是为了突出主要人物。1943年毛泽东与陈云、林伯渠等人的合影被修改成一张单人照；1949年10月1日，毛泽东宣读中央政府成立的消息时，董必武站在他的身后，为了使这张照片上的毛泽东更加醒目，董必武常常被修饰掉，取而代之的是天安门城楼上的窗户。类似的做法不计其数。有时候是为了构图上的单纯，有时候是为了突出毛泽东的个人权威，比如在毛泽东检阅八路军的照片中修掉陪同人员，甚至单纯为了美化人物的形象——在延安庆祝朱德六十大寿的宴席上抓拍的一张照片中，毛泽东不巧闭着眼睛，摄影师在暗房中施以巧手，最终的照片上，毛泽东的眼睛睁开了，摄影师还顺带修掉了毛泽东嘴角的两缕髭须。

有些修改兼有突出主要人物和政治的双重原因。毛泽东、周恩来和朱德同时出现在第一届全军运动会的主席台上时，天正在下雨，两名工作人员从身后给毛泽东和周恩来二人撑起了伞，唯独朱德表现出军人的本色，冒雨站在台上。1977年的《人民日报》发表这张照片时，制作人员对照片进行了大刀阔斧的修改。不仅修掉了可能被非议为特殊化的伞，还删掉了三位主角背后所有工作人员，增加了原图片没有拍到的LOGO和代表军队历史的年份数字。这些修改将照片的构图从横构图改成了直构图。

将两张照片拼接成一张照片，以满足叙事情节的需要，是一种常见的造假方式。大量雷锋照片都有这种嫌疑。宣传海报喜欢将一个相同的雷锋形象放置在不同的背景下，结果出现了同样穿着的雷锋以同样的姿势和工具铲土，背景却截然不同的图片。

有些修改的原因看上去非常微妙。摄影师为雷锋拍摄半身照时，雷锋背着一支步枪，他的右手伸在胸前，牢牢地抓着枪的肩带，一截白衬衫袖子露在军装袖口外面——《解放军海报》的编辑没有放过这个细节，这截洁白的衬衫袖子在照片上消失了。但这样做是为什么呢？难道一截衬衫袖子会动摇人们的革命意志？或者，一个雷锋式的英雄人物应该回避干净的袖口？也许只有决定和负责修改照片的人才能理解这一切。

在寻找和展示这些照片的过程中，张大力常常会回想自己的一生。他想起自己在"文革"中度过的青少年时光，他接受的全部教育，都在鼓励他准备和革命的敌人作斗争，保卫伟大的领袖，必要时不惜献出自己的生命——有些人真的因此送了命。但回过头去看看，敌人并不存在。连敌人都是虚构出来的：革命的道德根基早已经被暗房中的手脚掏空了。

和三十岁以下的艺术家不同，张大力这代人在寻求自我定位的时候，很难完全离开历史和政治的因素。不同版本的照片和照片上得而复失、失而复得的政治人物，对年轻人来说，只是干瘪的历史符号。但在张大力的记忆里，他们活生生地存在过，曾经还决定着千千万万人的生活——包括张大力自己的生活。

二十多年前张大力决定退出体制的时候，并没有感到特别恐慌。在二十世纪八十年代中期，少数人已经可以在制度的缝隙中找到生存的空间——特别是在北京这样的政治和文化中心，艺术界经历了十分活跃的十年，宽松的气氛鼓励了不同的生活方式。张大力最早流浪在圆明园一带。这里后来形成了一个画家村——二十年之内，类似的画家村依次又在"798"、草场地、宋庄等地兴起，现在成了中国当代视觉艺术的中心。

二十世纪八十年代中期的圆明园还很荒凉。和张大力一起流浪的艺术家里，有后来著名的戏剧导演牟森、纪录片导演吴文光等人。这段经历让他们避免了被体制同化的命运，让他们保持了对艺术的专注——尽管所有生活在那里的年轻人都有过挨饿的经历，但比起学校里和体制内的生活，这段时间令他们有机会切近地观察中国的变化，并为自己的作品寻找母题。

要理解中国的变化，需要对历史有同情和理解，还要有一点特别的幽默感。

今天的中国，很少会听说艺术家会穷到吃不起饭的地步。世纪之交时，中国当代艺术作品在国际市场上的行情已经相当看好。张大力有些做生意的同学开始考虑重新捡起画笔：画画比开工厂更挣钱。真的有人关掉工厂，在画家村里租下房子，开了工作室。不过好光景也没能延续几年。2008年的金融危机后，当代艺术品市场低迷至今。有人又关掉了工作室，打算去开饭馆。张大力由衷地对我说，"我们就是生活在这么有趣的一个时代"。

这个有趣的时代的确有过一个严酷的母亲，那些被修改过的照片就是证明。张大力觉得，照片上的历史是第二历史——"在近六十年的时间里"，"差不多一直指导我们的生活、学习、工作以及家庭观念"的照片，是历史本体的影子，它们"可长可短，可虚可实"，取决于利用它们的人。[1]

即便是当今这个有趣的时代，也仍然有其严酷的一面。很多北京的艺术家村眼下都受困于拆迁问题。北京郊区的土地越来越值钱，当年把地租给艺术家的村民都觉得自己吃了亏，有些村子干脆想让艺术家退回土地，好开发房地产。张大力所在的草场地比著名的"798"还要远，夹在一片拥挤的民房（大多租给了外地人）、菜市场、小超市、理发店和垃圾回收站之间。没人知道这里什么时候会变成北京城区的一部分。

张大力那个关于拆迁的作品显然还很有生命力，但他把主要的精力，都放在了图片的版本学研究上。

篡改过的照片是不可能穷尽的。"政治评论家们已经指出了世界现代史中出于政治目的对照片的屡屡篡改"，巫鸿说，这种篡改并非偶然个案，"而是官方摄影的一个基本和内在的机制"。[2]

找到篡改过的照片并且展示出来，哪怕只是一小部分，也很容易就会穷尽一个人的一生。这个工作的有趣之处在于："海报上少了一个人"——但他不会永远消失。

---

［1］张大力：《在柏林世界文化宫的发言稿》，见 Zhang Dali：A Second History，P11，Walsh Gallery，2006。
［2］巫鸿：《第二历史》，见 Zhang Dali：A second History，P7，Walsh Gallery，2006。

第四章　"她的眼睛让灵魂晕眩"

尽管照片常常被误用，或者被利用，人们仍然乐意肯定照片——至少是新闻照片的真实，具备道德上的价值。这种对道德价值的迫切渴望，反过来又加剧了用照片来装饰谎言的做法。

太平洋战争爆发之后，美国政府将境内的十一万日裔美国人圈禁在与外界隔离的集中营里，直到二战结束后才释放出来。在战争中圈禁敌国的侨民，没有哪一次不是充满屈辱和绝望的悲惨事件。研究者常将这段历史和纳粹统治下的犹太人集中营相提并论。日裔美国人的财产损失和人员伤亡不及犹太人，但言下之意，政府践踏自由的逻辑何其相似。

几乎是圈禁点刚刚建立，照片就被用来应付人权或者国际法方面的指控。矮个子、跛着脚的多萝西亚·朗格（Dorothea Lange）1942年被雇作摄影师，专门记录圈禁点中的生活。这不是美国政府的发明。人们常向照片求教真实，可惜事实却常常和照片上的情景相反：二战时德国拍摄了不少关于犹太人集中营生活的电影和照片，以反驳德国人正在对犹太人进行种族灭绝的传闻。在纳粹提供的照片上，犹太人看上去很正常，简直比日耳曼民族的成员还要幸福。

这些影像都不过是一戳即穿、彻头彻尾的谎言，连遮羞布都算不上。但这些连遮羞布都算不上的谎言，却投合了不少绥靖的心。人们得以对悲惨的世界转过头去，装作看不见，装作不知道许许多多人没有尊严的死亡，甚至当它们根本不存在（正是因为洞察了绥靖的心灵的这种需要，那些照片才被制造出来）。

美国政府从二十世纪七十年代开始检讨对日裔美国人的集中收容政策。1988年，里根总统签署《国民自由法》，正式以国家名义为这段历史向日裔美国人道歉，并予以赔偿。数年中，美国政府共支付赔偿金达十六亿美元。

日裔美国人圈禁点

加利福尼亚

1942年

多萝西亚·朗格（Dorothea Lange）

饥饿的移民母亲

美国加利福尼亚

1936年2月

多萝西亚·朗格（Dorothea Lange）

1942年，多萝西亚·朗格的工作没有自由可言：电网、瞭望塔、探照灯照例不许拍摄，不能和拍摄对象深入接触，不准拍摄荷枪实弹士兵，也不许拍摄对圈禁的反抗。也许这一切中最重要的一件事是，照片版权属于美国政府。她拍了多少照片，无从得知。许多底片不知去向。六十多年过去了，还有人不断地在美国政府的档案中发现它们。

重新发现的照片陆续出版后，多萝西亚·朗格的摄影艺术，尤其是她的政治观点，得到了前所未有的褒扬。出版社编辑将多萝西亚·朗格描述为笃信民主价值的平民主义者：因为她在不自由中创造的影像仍然严谨而有力，记录了日裔美国人悲惨但力求尊严的生活。

在权力的镣铐中，摄影达致了真实：这一点被看作多萝西亚·朗格服膺新闻摄影的道德价值的结果。但这不过是将照相术和正义联系起来的尝试中最常见的一种罢了。

在大萧条时期，多萝西亚·朗格为 FSA（Farm Security Administration，美国农业安全管理局）拍摄的饥饿的移民母亲肖像，是 FSA 摄影的著名代表作。这张照片朴素、直接，既不猎奇，也没有过度感伤。在日裔美国人圈禁点拍摄的照片，具有同样平实的风格。这种风格也许对冤案的受害者将来伸张正义不无帮助，但决不是正义本身。在美国的历史上，日裔美国人的不幸一直在人权运动中被重提和质疑，最后终于迫使美国政府道歉。多萝西亚·朗格死于 1965 年，无缘得见受害者的权利得到伸张。她被称作是一个"笃信民主价值的平民主义者"。这种道德上的肯定对多萝西亚·朗格来说，也许是很适宜的，如果以此来推论她留下的照片也具有道德上的力量，却很难让人相信。

的确有一些照片——像多萝西亚·朗格的许多作品——可以用作道德教育的材料，因为这些故事背后是一些人类的故事，并且蕴藏着饥饿、干旱、突如其来的厄运以及努力维持人的尊严这样重要的主题。对这些主题的阐释是今天通行世界的大多数道德规范的主要来源。更何况，在这些题材上，照片有一种特别能够震撼人心的力量。它们看上去如此真实——很多人都有这样的看法：关于人类的悲惨境遇的报道上，富有视觉冲击力的照片比逻辑完整的语言更真实，更容易让人产生同情、怜悯和通过自己的行动改变现状的冲动。

同情、怜悯和希望改变现状的冲动，是一种道德激情。很少有人注意到，道德激情与真实之间的内在矛盾。恰恰相反，正是因为照相术的天性与真实毫无关系，它的机械性，它的视角局限，它那天然缺乏逻辑的视觉表现方法，才迫使摄影师要把全部的力量用于召唤读者的激情，而不是让他们冷静地思考发生了什么事情。

这就是为什么我们总是看到极端夸张、充满悲情、残酷和戏剧性的照片的原因所在。新闻照片在美学上刻意追求戏剧性的效果，并不是为了揭露事实。它们是为了唤起一种改变世界的道德激情而创造出来的。

很长一段时间里，许多摄影师的确深具理想主义的色彩，试图用摄影记录历史，干预现实，改变某个遥远角落里卑微的个人的命运。

我刚刚接触到摄影这门艺术，不禁为它的道德价值感到兴奋，我一直相信，史蒂夫·麦考瑞（Steve McCurry）就是理想主义的摄影师中的一个。

1984年，史蒂夫在巴基斯坦拍摄阿富汗难民。他在一处难民营里发现了一所小学。征得老师的同意，他到教室里为几个学生拍照片。出现在《国家地理》杂志1985年第六期封面上的少女Sharbat Gula，是他拍摄过的学生中最害羞的一个。

"快二十年了，我还记得那个难民营的嘈杂与喧闹。她的眼神那么紧张，一定有什么东西，常常浮现在她脑子里。"史蒂夫看到印出来的照片，为阿富汗少女眼中的平静所震惊。"苏联军队入侵阿富汗已经五年了，她父母死于一次空袭"，史蒂夫想，小姑娘眼里的安宁与平静是从何而来呢？[1]

某种在一瞬间紧紧抓住他人灵魂的特质，从少女的面孔，尤其是她的眼睛中散发出来。同样为《国家地理》杂志工作的威廉·阿尔伯特·阿拉德（William Albert Allard）说，"那是一种深蓝，又由于某种原因，你不敢期待她有那样的深湛，那专注的眼神，不仅仅要看着你，而好像要看穿你的内心。"

---

[1] 见 digitaljournalist.org/issue0101/South_intro.htm

阿富汗少女的眼睛呈现出某种稀有矿石的颜色：黑色瞳仁外浸晕着一圈黄褐色晕轮，围着一轮祖母绿，继之一轮深蓝，它们糅合在一起，直视着我们；犹如某种相隔遥远的星云，被人发现时，已经过长久的距离和时间，然后陷入了绝对的静止。

史蒂夫中说，"看着那张面孔，犹如俯身凝视一口深井，那里倒映出你自己——你的灵魂。"[1]

我们闭上一只眼睛，熟悉的房子会变得陌生起来，一迈步就一个踉跄，为了保持平衡，只能伸出手去摸索一堵墙壁。

医学上晕眩的表征主要是失去平衡。引起这些表征的原因很多。医学解释，前庭神经掌管我们的平衡，位于内耳前庭部位的半规管上有平衡感受器，侦探头部旋转和身体移动时的平衡。然而，在前庭神经和半规管引发的阵阵晕眩中，我们从来都不曾看到自己的灵魂。

史蒂夫将阿富汗少女的眼睛比喻成一口井。他也许和我有着同样的幼年经验？小时候我常常趴在水井栏杆上往下看，在蔓延的荒草地中间，井下的事物包裹在黑暗里……等眼睛适应了光线，一块圆形的天空从黑暗中浮现出来。天空倒映在水面上，人的影子映照在天空的倒影上，栩栩如生。

没有风的日子，从井中能够看到白云飘过，水面开始微微荡漾……俯身向井的观看经验仿佛灵魂出窍，让人不禁感到一阵晕眩。我站起身来，四处望望，吹着口哨走开了。

Sharbat Gula 的面部表情略显紧张，而且有些茫然。这是可以理解的。她生活在安全感和粮食同样缺乏的时代里，在（因为暴力）动荡不安的世界上，有一天，一个陌生人把她带出教室，用一台带三脚架的相机为她拍了照。这是她有生以来的第一张照片。

她怎么能不紧张呢？

---

[1] 见 digitaljournalist.org/issue0101/South 16.htm

第一次被拍摄的经验是很奇特的。在一个太平并且经济发达的世界里，照片和相机不过是很寻常的事物。在孩子还懵懵懂懂，不知道什么是拍照之前，已经被拍了无数照片。家庭相册里普遍有几张这样的照片：婴儿们纷纷圆睁好奇的眼睛，不由自主地张开了嘴巴，莫名地笑着。

　　由于眼神的专注，我将婴儿们的这种反应理解为他们对镜头眩光产生了好奇。这是一种对人造物的好奇。精密的、冷色调的相机镜头，意味着难以理解的复杂和牢不可破的构造。许多摄影器材爱好者正是带着婴儿般的好奇心，兴致勃勃地迷上了相机和镜头。然而一旦充当被拍摄的对象，成人就彻底失去了婴儿们的自然表现。他们脸上的肌肉带着不自然的僵硬，眼神躲躲闪闪，对机械功能的好奇心消失殆尽。他们的脑子里浮现出一张照片，竭力使自己的表情符合想象中的美学标准；探索未知世界的好奇心，被表演的焦虑取代了。

　　控制面部表情或许需要专门的训练，而好奇心的丧失更加根本和不可逆转，因为这个原因，除了政客和演员，成年人的肖像照片常常令人失望。有艺术感受的摄影师追求拍摄对象在相机前的自然表现，希望拍摄对象的灵魂像飘过井底水面的一片白云，将人的本质显现在他们肌肉抽搐不止的脸上。对摄影这门技艺来说，这个过程实在是太艰难了。

　　Sharbat Gula 并不是一个婴儿（脸上的表情很茫然），好奇心局促压制着她（从紧张的唇线可以看出来），但眼神却像怀有不可遏止的好奇心的婴儿一样专注——不，比起一个注意力容易分散的多动的婴儿来，Sharbat Gula 的眼神要专注得多。这也许和她第一次见到相机有关。一个和善、年轻的陌生人用持重而有条不紊的动作消除了她部分紧张情绪，并且请她站在相机前面。拍摄过程非常短暂。史蒂夫收拾好器材离开了难民营，Sharbat Gula 则继续她自己的生活。

　　二十多年来，照片上 Sharbat Gula 异彩纷呈的眼睛为贫弱的文字提供了至少几百种阐释的可能。这些写字的人，他们好像一个多动的婴儿，有惊人的好奇心，可是缺乏持久关注同一事物的能力。

　　关于 Sharbat Gula 的眼睛的几百种阐释中，有一种认为，Sharbat Gula 异彩纷呈

Sharbat Gula,"阿富汗少女"

巴基斯坦

1984 年

史蒂夫·麦考瑞（Steve McCurry）

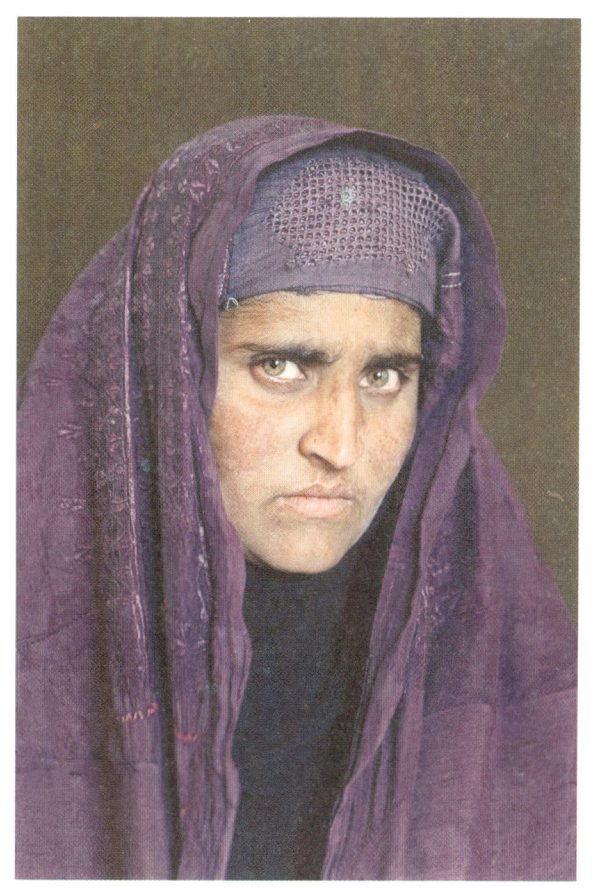

Sharbat Gula

阿富汗

2002 年

史蒂夫·麦考瑞（Steve McCurry）

的眼睛并非纯粹的生理现象（趴在井口时感到灵魂出窍是一种确定无疑的生理现象），而史蒂夫带有即兴色彩的拍摄过程，也并非只是系于偶然。也就是说，Sharbat Gula 和史蒂夫在阿富汗和巴基斯坦边境的难民营中的相遇，都是因为有一双必然之手的存在（想一想，Sharbat Gula 的父母死于轰炸，她却幸存了下来）；在 1984 年的某个下午（史蒂夫在天黑之前来到了学校；Sharbat Gula 的老师同意他拍摄自己的学生；Sharbat Gula 身体健康，正常出勤），这双手把生有彩色眼睛的 Sharbat Gula 送到史蒂夫的相机（和至关重要的彩色胶片）前。

拨弄个人命运的大手（及其所代表的必然性），在我的想象中不仅结实、带有微微凸起的青筋，而且多毛，我甚至看到上面的指甲都修剪得很整齐，边缘与肉乎乎的手指末端相齐。不要责难这种想象过于荒诞，实际上，历史上毫不犹豫地通过取消偶然来宣示必然的力量，从来都是具象甚至肉感的。它曾经被冠以宗教神祇的外观（长胡子的或者不长胡子的），后来才被哲学家冠以"绝对"的称号（黑格尔称作绝对理性，马克思主义者称之为共产主义）。

在《国家地理》那快乐的、以黄色为标志色的传播学看来，必然性多毛的大手克服了摄影与生俱来的不确定性：1984 年的某个下午，史蒂夫行走在位于阿富汗和巴基斯坦边境的难民营里，没有任何预兆表明他将拍摄出一张传播空前广泛的照片；任何一次意外都可能中断通往永垂不朽的道路：一次空袭（像炸死 Sharbat Gula 父母那次一样），道路交通拥阻（史蒂夫来不及赶到学校），稀罕的大雨（不要低估了气候的想象力），一位严肃的校长，Sharbat Gula 的缺勤，甚至，连一片云也能使曝光时间过长（发虚的影像达不到《国家地理》杂志对肖像的苛刻要求）……决定论者从反面理解偶然性，得出的结论是决定性的大手（附身在史蒂夫的食指上）按下了快门。

有关 Sharbat Gula 的眼睛的所有几百种论述中，要数决定论者的阐释最为流行。关于必然的历史叙事将 Sharbat Gula 的彩色眼睛（和摄影活动中随时会出现的每一个偶然）转变成永恒不变的象征。史蒂夫偶然拍下的照片不再是 Sharbat Gula 的个体形象。它变成了一块琥珀。如同生物学家研究一块琥珀（既不会变老也没有生命的时间的遗物），未来的历史学家面对 Sharbat Gula 令人晕眩的眼睛时，不会从中看到自己的灵魂；照片之于史学唯一的价值，是包含在其中的历史叙事的线索。

在现实里，循着生理现象不可逆转的规律，Sharbat Gula 的眼睛在二十年后失去了它震撼人心的色彩（在史蒂夫 2002 年拍摄的照片中，Sharbat Gula 的眼睛不再令人晕眩），然而，这分毫未能撼动必然性的大手在摄影中的地位。因为 1984 年史蒂夫在众多偶然的驱使下拍摄的照片，因为 1985 年《国家地理》杂志的历史叙事，更因为二十年后这个故事有了一个震撼人心的新进展，阿富汗少女 Sharbat Gula 不得不以一块琥珀的形象，终身和决定一场局部战争胜负的历史必然性（多毛的）大手呆在一起。

在历史学家（毫不令人晕眩）的目光的注视下，必然性变成了摄影不可分割的属性，卷片扳手将必然性连同胶卷一起卷进片轴，快门让幕帘升起，光穿过镜头，将一个具象的必然性显现在涂着卤化银的片基上。必然性显现的过程不像我们依据其他必然之物而做的推断那样单调乏味，不，史蒂夫说过，这过程如同"俯身向井"，给我们灵魂出窍的体验。我们从摄影（必然性的显现）中感受到灵魂出窍的晕眩。

阿富汗少女的故事并没有终止在 1984 年的那个傍晚。

2002 年，离史蒂夫拍下那张著名的照片，已经过去了十七年，国家地理频道决定让他去巴基斯坦，寻找照片中的女孩。寻找的全过程将被制作成一部纪录片。

费了许多周折，花了很多钱，在前所未有的批评声中，史蒂夫最终找到了她。

"找到 Sharbat Gula 和她的家庭是我这辈子最难忘的时刻之一"，史蒂夫说。他几乎一眼就认出了她。"她的皮肤变粗糙了，有了皱纹，可她仍像十七年前那样让人难忘。"她也认出了他。她一生中只拍过那一次照，从来不知道世界上有无数人看过她的照片。[1]

新的照片刊登在 2002 年 4 月号的《国家地理》上。《国家地理》后来举办展览时，Sharbat Gula 的两张照片（分别拍摄于 2002 年和 1984 年）总是并列在一起。许多人在这两张面孔前流连赞叹。

第一次听到这个故事的人，每每不禁感动地想，这大概是摄影所谓的伟大之处吧？它将时光流逝以前所未有的直白，摆在我们面前。

作为史蒂夫·麦考瑞的老友，威廉·阿尔伯特·阿拉德说，《阿富汗少女》是《国家地理》历史上最好的一幅肖像照片。我认为，史蒂夫寻找 Sharbat Gula，是《国家地理》历史上最富有戏剧性的故事。批评史蒂夫和《国家地理》的人认为，他们人为地制造了一个现代神话，一个西方发现东方的神话：他们财大气粗，为了煽情兴师动众，自我感觉好到让人反感的地步。

在报道摄影领域，渴望改变世界而制造令人晕眩的照片，这一风尚至今被许多摄影师奉为圭臬，但在有些人看来，已经过时了。摄影师一向受到一种批评，说他们剥夺别人痛苦时候的表情来赢得声誉和赚钱。这一严重的道德指责并非空穴来风。那些经常拍摄战争、暴力、贫穷和社会问题的摄影师，像史蒂夫，他找不找阿富汗少女，都常常要面对这样的道德压力。

史蒂夫很愤怒，觉得这种说法违背了他对 Sharbat Gula 和摄影的诚意："1985 年刊登在《国家地理》封面的这张照片，虽然我只花了不到五分钟的时间拍下她，这一切却早已成为我生命中的一部分。"他说，"我为这位女性拥有了自己的家庭感恩不已。她创造了属于她自己的生活。很幸运，我们找到了她。她赖以蔽身的帐篷已经支离破碎，如果我们晚一年找她，一切都不再可能。"[2]

史蒂夫前后去过阿富汗二十次以上（第一次去的时候，并没有带着任何摄影合同）。多年持续的冒险，好几次让他几乎丧命（像那些富有传奇的前辈和同行受到过的礼遇一样，报纸曾经两次报道了史蒂夫的死讯，但他都安然回国

---

[1] 见 www.Karl-maenz.com/ylinks.html

[2] 见 www.Karl-maenz.com/ylinks.html

了）。对史蒂夫来说，寻找 Sharbat Gula，是关怀一个人的遭遇，是寻找阿富汗二十年的苦难，也是证明摄影的意义：照片在多大程度上见证了历史，改变一些人的命运。

必须承认，在关于摄影价值的几百种解读中，有一种是尤其激动人心的。我看过不少富有道德感的照片（它们带有某种鲜明的表征），心里不由得浮出一个疑问。这个疑问和寻找 Sharbat Gula 的浪漫的过程息息相关。我颇有些怯怯地对自己说：照片在多大程度上能够见证历史，又在多大程度上能够改变人的命运呢？

当摄影的道德含义（关怀一个人的遭遇）、行动性（见证历史）和政治性（改变人的命运）受到质疑时，史蒂夫的愤怒是可以想象的。而且，决不只是史蒂夫才这样想。二十世纪里有过一类摄影师，他们以彰显影像的道德价值为己任。曾几何时，影像的道德价值仿佛云彩飘过天空，而将影子投在地上。这个影子就是照片使人晕眩的社会使命：改变世界。

摄影，尤其是纪实摄影，为了它的道德理想，摄影师踏遍世界各地，正是为了寻找一双 Sharbat Gula 那样的眼睛：并不是因为她的美令人晕眩，而是因为她的美能改变世界。

第五章　改变世界

2006年，尤金·史密斯基金会的年度"人道主义摄影奖"授给了意大利人保罗·佩里格林（Paolo Pellegrin，他是各种报道摄影奖项的常客），以表彰他在报道摄影上的成就。但佩里格林那模糊、疏离和冷静旁观的风格，照我看，与尤金·史密斯（Eugene Smith）曾经倡导的摄影哲学，相去甚远。

活着的时候，尤金·史密斯的摄影作品以富有人道主义激情著称。尤金·史密斯倡导的摄影哲学中，衡量一张照片的最高标准，要看它能不能让观众产生一阵来自灵魂的晕眩。

借助晕眩的效应，摄影师在照片和观众之间，建立了某种联系。它同时也是专业主义摄影的重要表征。在尤金·史密斯时代，照片使观众受到一些陌生形象的逼视。它们常来自遥远的地方、陌生的文化、不为人知的时刻，以及无穷无尽的苦难。遥远、陌生和苦难的照片是英雄主义激情的产物，并且饱含一张照片能够承载的全部道德感。尤金·史密斯时代的摄影师深知，纪实摄影的秘密就在于把晕眩强加给观者。

大众媒体中的摄影记者和编辑都努力争取能够更多地使用照片，因为晕眩及其功能可以传播。在传播中，晕眩还会放大。感观刺激即使不能从头塑造我们对世界的观念，至少对我们的观念也是一种修正。正是通过修正观看者的观念，照片改变了世界。

改变世界！人道主义者和激情的摄影师尤金·史密斯拍摄照片的时候，每一张照片都在呼喊着一种道德取向，和一个政治要求。这个富有道德感的政治要求，就是改变世界。

1955年，在纽约现代艺术博物馆举行了"人类一家"（Family of Man）摄影展，这是二十世纪轰动一时的文化事件。"人类一家"（这个充满人道精神的口号）的主旨，正好解释了摄影与改变世界的激情之间的关联，还可以解释为什么一个摄影师能够从一个逃难的小姑娘的眼睛里，看到自己的灵魂。

尤金·史密斯最著名的照片是在日本拍摄的。深受化工厂污染的日本农民起来抗争，尤金·史密斯不只是表达了道义上的支持，他还为这次力量不对等的反抗做出了特别的贡献。那些关于水俣受害者的照片传播全球，影响深远，是今天席卷全球的环保运动最早的视觉象征。

但是，他在1971年到1972年间拍摄的水俣受害者的众多照片中，传世的也不过一张而已。因为母亲怀孕期间受到水域污染的影响，智子肢体发育不健全，智力有障碍。母亲含辛茹苦地照料着智子，尤金·史密斯把她为智子洗澡的情景拍了下来。第一次看到照片的人，无不产生了极深的印象：这张构图完美的照片仿佛圣母怜子像，悲伤的母亲正抱着无辜受害的孩子，好像要把她奉献出去。这个家庭的悲剧场景并没有任何道德谴责的意味（道德谴责意味着承受痛苦本身成了一种使命），悲剧的表现遵循了古典绘画崇高的美学原则（水俣受害者的形象并非是随即和迅速捕捉下来的，而是经过了精心的构图和准备），从中升华出来的是一个抽象的悲剧主题：人类的苦难、对苦难的忍受和抗争，以及伟大的母爱。

这张古典风格的照片最终召唤起强大的道德激情，随即变成了一场指向明确的政治运动的图腾。水俣的报道是反对环境污染的政治运动的一个部分。从一开始，摄影师就不是旁观者，他立场鲜明，站在被侮辱和被损害的一方。拍摄是他的政治行动。为此，尤金·史密斯付出了差点被打瞎的代价。

尤金·史密斯为了拍摄水俣事件几乎失去了自己的眼睛：摄影师的肉体痛苦并非毫无价值，它随后变成影像道德价值的一部分。道德的天平上永远搁着受难者血淋淋的眼珠。

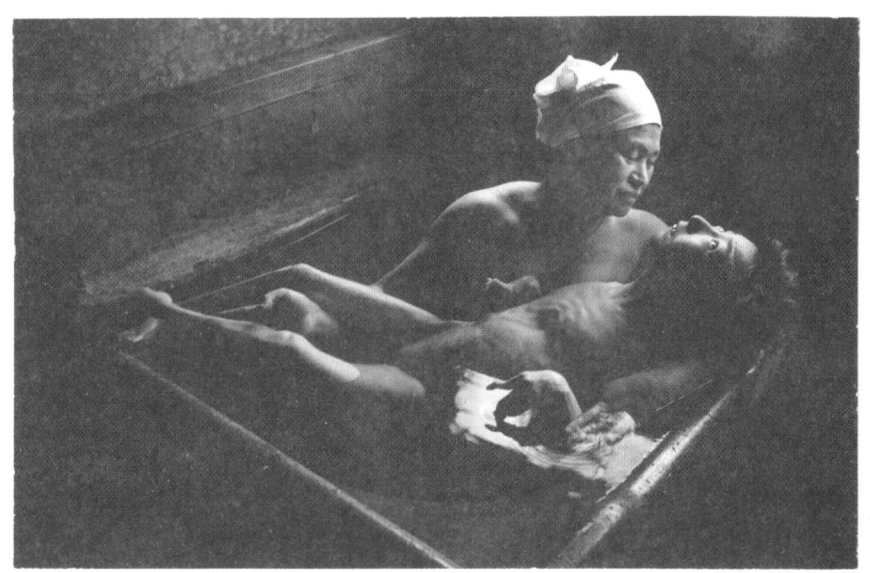

母亲为智子洗澡

日本熊本县水俣市

1972 年

尤金·史密斯（Eugene Smith）

圣母怜子像

大理石雕

174cm×195cm

1498—1499 年

米开朗基罗（Michelangelo）

在历史上，善的教条常常通过恶的表演而传播。二十世纪，摄影参与了改造社会的运动，自身随后变成了不断被刷新的历史进程和事物中的一种。在摄影的历史上，道德价值好像天平上的眼珠，分量变得越来越重。作为评价照片的标准之一，这一价值最终像所有渐渐带有专制色彩的事物一样，本身变得不可捉摸（像一阵随风吹来的气息），其影响却无处不在（让人窒息）。

血淋淋的眼珠的存在让摄影变得感伤（十九世纪摄影大师的作品中最缺乏的东西），富有英雄主义潮热的气息〔在欧仁·阿特热（Eugene Atget）拍摄的那些巴黎风景照中根本找不到这种气息〕。到现在为止，打开许多摄影师的影集，感伤英雄的潮热气息，仍然会扑面而来。

这气息之所以是潮热的，因为它来自动荡不安的世界，传递着紧迫的事实：饥饿导致的死亡和政治压迫导致的抗争，仍然是时代的主题。摄影师试图把极其焦虑的气息传递给观者，藉此要唤起某种行动性。

这气息之所以是英雄主义的，则是因为它带着一丝鲜血。至于鲜血是来自照片上的人物还是摄影师的眼睛，多数时刻不得而知。当然，重要不是血流自于谁的身体，而是在道德的天平上，它们是否被放在同一边：是否像尤金·史密斯那样，站被侮辱和被损害的智子的一边。

摄影仍然标榜客观，只不过看上去有了更高的目标：除了见证和记录，还要改变和行动。

以改变和行动为旨归的照片，首先面临着一个技术上的难题。饥饿、死亡、战争和政治压迫的视觉形象令人极其不快，怎样才能将灵魂的晕眩，赋予给病态（或者残缺）的身体和乱纷纷的巷战场景呢？

富有古典艺术特征的画面构成对此不无裨益，富有宗教感的主题（悲哀的母亲平静地献出无辜受难的孩子）助益更多，然而，尤金·史密斯的让人印象最深刻的地方，却在于感伤和英雄主义相糅合，产生了愁肠百转的道德气氛。在史密斯的镜头前面，乡村医生几乎是好莱坞电影中的西部牛仔。在极度疲惫沮丧的时刻，这位尤金·史密斯式的英雄人物也保持着高度的尊严。

乡村医生

美国科罗拉多

1948 年

尤金·史密斯（Eugene Smith）

通往天堂花园之路

美国纽约

1946 年

尤金·史密斯（Eugene Smith）

和尤金·史密斯的趣味相反,这是一张清除了感情和评价的照片,甚至连幽默也被小心翼翼地掩藏了起来。

儿童

德国 Westerwald

1926—1927 年

奥古斯特·桑德(August Sander)

乡村医生、士兵和炼钢工人那伟大（的男性）人物特有的造型，富有英雄的美感。然而，尤金·史密斯刻意捕捉英雄主义的（也是男性的）世界面临崩溃（被火力压制得抬不起头的士兵，极度疲劳的医生和摄影师受伤虚弱时走过面前的两个儿童）的时刻，要比凯旋仪式上的将军更加打动人心。在末路英雄的（潮热的）感伤气氛中，牺牲将更富道德涵意。

不可捉摸又无处不在的道德标准，就这样找到了自己的视觉形象。

在尤金·史密斯之后，很多报道摄影师不再将单幅照片中的表现奉作圭臬，转而强调一组照片之间的逻辑关联。新体裁（图片故事）似乎使照片具有了叙事的力量，但表现上的变化并非关键，图片故事之所以具有道德指向，是来自组照产生的美学和政治上的新结构，以及由此结构而发生的功能。

从欧仁·阿特热到奥古斯特·桑德（August Sander），早期大型相机拍摄的照片之间毫无关联。阿特热和桑德的（将直观所见呈现出来的）底片完全以个体的形象存在。无论是十九世纪巴黎的都市样貌，还是二十世纪德意志民族的人种特征，记录在底片上的影像（建筑或者人）以蜜蜂构建蜂巢的方式进行集合：蜂巢的每一个部分都和另一个部分完全一致，具有相同的工程学构造和美学特征；而即便阿特热和桑德的每一张底片都流露出鲜明的风格特征，却没有一张照片是对另一张照片不可或缺的补充，更不是对彼此的说明。

直观呈现的时代过去了，摄影师像小说家一样强调故事，强调情绪的节奏，叙事的起承转合，试图得出结论。

和任何一个行业一样，新闻或者叫纪实摄影业发展出自己特别的行业标准（这一标准是伦理的而非技术的），并以此区分出了道德阵营。而自从摄影产生了自己的伦理标准，摄影的道德价值立刻凌驾于其他价值之上，变成了评价照片时首要的和终极的标准。尤金·史密斯眼睛上的鲜血没有白流，它竟然脱离了天平的一端，变成了砝码本身。

带血的照片让人晕眩。这种晕眩与任何一次陶醉于英雄主义和道德感而引起的晕眩（例如，街头群众运动令人难忘的滋味），其成分完全一样。在尤金·

史密斯的传说中，正是这种晕眩和导致晕眩的美感让人久久难忘。潮热的英雄气息包裹在每一张尤金·史密斯风格的照片周围，如同氤氲的水汽笼罩着智子和她的母亲。

带血的照片让人晕眩，这个事实让我们惊觉，在所有的艺术门类中，唯独摄影表现出了对战争的特殊兴趣。

"血流成河"，这个词第一次被用来描述战争的后果，血或许正流出许多人的身体，无声地奔涌出形状、深浅、部位不同的开放的伤口。血流入土地，被构造疏松的泥土吸收。土地后来吸饱了血液，鲜血仍然不停喷涌，最后，鲜血从泥土中析出，汇成红色的河流。

"血流成河"，这四个单音节的汉字，很多人读成"血流－成河"，实际上，它应该读作"血－流成－河"：鲜血无声喷涌，汇成河流，这番景象，每次想起来，都在我背上激起一种汗毛林立的惊悚感觉。

"血流成河"变成了成语，与战争联姻。"血流－成河"：胜利；"血流－成河"：壮烈；"血流－成河"：悲痛；"血流－成河"：光荣；"血流－成河"：愤怒……我们生活在成语构成的世界里。语言失去了与感观的联系。"血流－成河"，与"胜利、壮烈、悲痛、光荣、愤怒"互文。不是"血－流成－河"：那种午夜窒息般的惊悚想象，从"血流－成河"的明快节奏中，消失了。

经过无数引用和滥用，不管当初多么诉诸感观的鲜活语言，统统会变成轻描淡写的成语。和语言相比，照片的命运还要不幸得多。不到一百五十年时间（十九世纪六十年代的美国内战是第一次被摄影术全面记录的战争、二十世纪三十年代的西班牙内战和二战之后所有的战争：中东战争、韩战、越战、伊战，以及无数次小得多的战争和冲突，都有摄影师在场），战争中的摄影活动就完全变成了一种陈词滥调。

我们生活在由轻描淡写的成语刻画的不痛不痒的世界里。今天的世界是信息过剩的世界。现代传播的特点是无休止的重复：报纸与报纸似曾相识，杂志与报纸似曾相识，报纸与电视似曾相识。媒体互相重复，几乎是以此为能事——如果记者们不是以此为乐的话。这个似曾相识的世界制造出一种特有的疲劳感，让人感知力下降，眼前的世界变得熟视无睹。在西方，这个过程是个人退出公共事务的历史。在东方，宣传机器持续不断地制造雷同的消息和画面，终于达到了预先设定的目标：社会中独立思考的能力崩溃了。

经过一百五十年战争影像的感观刺激，有关战争的任何照片，都变得和成语类似：似曾相识、轻描淡写、不痛不痒。读者丧失了感知战争的能力。这是战争摄影"成语化"的最可悲的后果。它使得摄影的社会和政治功能不断衰退。战争摄影几乎在自我复制的同时取消了自身。

当然，在年复一年的陈词滥调中，偶然也会出现对"成语化"作业的反动。

2006年11月24日，伊拉克萨德尔城（Sadr Ctiy）发生连环爆炸，二百多人在十五分钟时间里丧生，伤者数以百计，市面一片狼藉。第二次海湾战争结束以来，这是伊拉克境内最严重的人员伤亡事件。群集在伊拉克的摄影记者飞快地赶到了那里，纷纷从现场发回了各自的照片。这些照片中绝大多数血腥而雷同，令人疲倦。唯独中新社记者拍摄的一张照片让人毛骨悚然。

这张照片是摄影对"血流成河"这个词语毫不犹豫的引用：地面上的鲜血占据了全部画面，呈现出一派猩红；令人难以忍受的是，血洼中还倒映出三个旁观者的身影。

这张照片是如此刺激，让我立刻想起另一个摄影师的作品。艺术家安德里斯·塞拉诺（Andres Serrano）曾将耶稣受难的雕塑浸泡在自己尿液里，拍摄过著名的"尿中的基督"（*Piss Christ*）。但伊拉克的摄影师用纯粹纪实的手法创造的这副"血液中的人"，比后者更令人恐惧和惶惑不安，也比后者更不忍卒读。

这张罕见的也是最大胆的照片，不管其最初的动机纯属偶然，还是因为道德上的无知导致的勇气，它充塞画面的鲜血，无情地扫去蒙在"血流－成河"这一成语上庸俗的灰尘，重新激发了"血－流成－河"的惊悚感观体验。这种惊悚的体验是一种道德感的复苏。

我将这张照片出示给朋友，他们在震惊之余，激烈地攻击新闻社图片编辑的业务能力和道德水平。复苏的道德感很快要批判自己的接生婆，这种有趣的现象，给我两个暗示。第一个暗示，浸泡在同类血液中，这种属于人类特有的

和萨德尔城的照片相比,这张照片上的情景同样悲惨,但视觉刺激较小。

苏德战争爆发七个月后,刻赤(现属乌克兰)

1942 年

德米特里·巴尔特曼茨(Dmitri Baltermants)

"血流成河的照片总是让我想起安德里斯·塞拉诺(Andres Serrano)亵渎神灵的作品,它们都让人产生负罪感。"

尿中基督(*Piss Christ*)

1987年

安德里斯·塞拉诺(Andres Serrano)

道德困境，很难找到可以开脱的借口。看这张照片让读者与围观行刑的看客处境类似。在我们的现代意识里，如果目睹暴力剥夺同类的生命而无所作为，观看就会变成暴行的一部分。

过了几天，我意识到了第二个暗示。摄影，尤其是战争中的摄影活动，一直是作为一种有意识的道德活动而存在的。它的美学要服从于道德目的，这正是这张照片受到批评的原因。

我想起中国诗人冯至的一首诗：

> 我时常看见在原野里
> 一个村童，或一个农妇
> 向着无语的晴空啼哭，
> 是为了一个惩罚，可是
>
> 为了一个玩具的毁弃？
> 是为了丈夫的死亡，
> 可是为了儿子的病创？
> 啼哭得那样没有停息，
>
> 像整个的生命都嵌在
> 一个框子里，在框子外
> 没有人生，也没有世界
>
> 我觉得他们好象从古来
> 就一任眼泪不住地流
> 为了一个绝望的宇宙。[1]

---

[1] 冯至：《十四行集》，解放军文艺出版社，2000年，第6页。

街头枪决北越游击队员

西贡

1968 年 2 月 1 日

埃迪·亚当斯（Eddie Adams）

南越和尚释广德自焚抗议吴艳庭政府的宗教政策

西贡

1963年6月11日

马尔康·布朗（Malcolm Browne）

第五章 改变世界

二十世纪四十年代，冯至因为战争流徙到云南，这首诗就是战争时期的产物。伊拉克萨德尔发生爆炸之后，我看到了中新社那张血淋淋的照片，觉得冯至描写的人生境况，与萨德尔城的恐怖袭击，并没有多少分别。视觉作品多少在执著地复制着诗人笔下那个钳制生命的"框子"。为了给"嵌在框子里的生命"造像，摄影活动耗费掉了大多数的创造力，然而成就至今——也许是永远——不能与诗歌相当。这或许是战地摄影变得越来越嗜血的原因所在。它需要更多的激情。

来自战争的照片有一种特别的道德困境。即使是在人类道德的十八层地狱里，摄影师仍然本能地追求照片的美学特征：构图、用光、个人风格。疲劳而绝望的难民，被恐惧折磨着的士兵，人类残缺的肢体扭曲成曲线，就像一张普通风景照片上的一堆石头、一座山、一个池塘、一道围栏，它们构成了照片的前景，或者形成画面的纵深。它们仿佛是没有生命的；即使有生命，也没有什么尊严。在一张照片上，惨不忍睹的战争被切割成一个个画面，每个画面都有自己的视觉法则：怎么安排视觉中心，让什么样的线条引导读者的视线，明暗对比如何表现，等等。对摄影师来说，这些视觉法则（而不是照片中的人类的命运），是他首先要追求的东西。

摄影师有时候也会受伤，有时候还会失去生命。如果他们在街道上被击中，他们失去拍照能力，和其他受害者一样躺倒在地，他们就成了同行拍摄的对象。很多摄影师在向受伤的同行伸出援手之前，都会下意识地先拍一张照片。

当然，摄影师仍然可以用道德来为自己的工作辩护，因为没有受害者的战争照片，是没有说服力的。

战争带来了贫穷和饥饿，但它还给生命带来了更本质的戕害，一种绝望。萨德尔城那张血流成河的照片上，如果没有其中三个旁观者的倒影，就什么都不是：一汪红通通的水，可以出现在任何地方，许多种解释都行之有效。用诗人所说，一幅没有人类的战争照片，"没有人生，也没有世界"。但是由于三个旁观者的倒影的存在，这张照片的观看者临时被强行赋予了一种政治意识和道德感。

越南村民逃离凝固汽油弹袭击后的村庄

1972 年 6 月 8 日

黄功吾（Nick Ut）

萨德尔城的照片是内战迫在眉睫的伊拉克的血腥现实。这一惨不忍睹的景象对观看这张照片的人来说是一个严厉的拷问。被拍摄的旁观者还没有来得及意识到自己的处境：身影浸泡在同类血液里。作为替代，观看者必须承受这个事实带来的道德后果。面对这张照片，随之而来的想象令人不寒而栗：不是萨德尔的某个伊拉克人的影子，而是看到照片的人的影子，一个美国人、或者一个中国人的影子，浸泡在伊拉克人流成了河流的鲜血当中。

道德上的困境驱使观看者采取实际行动，以免自己被发生在千里之外的暴行绑架。这种社会动员机制的著名例子发生在越战中。1972年美联社摄影师黄功吾（Nick Ut）从越南发回的照片中，有一张拍摄于美军的空袭之后，村民纷纷逃离烧毁的村庄，一个全身赤裸的小女孩背上着了火，哭喊着向摄影师的镜头奔来。如同冯至写到的那样，这个孩子的生命"嵌在一个框子里"，但她的眼泪不仅因为那个"绝望的宇宙"，对一张照片来说，这个小女孩的眼泪有着再鲜明不过的政治指向，并且在追索观看者的道德责任：你是不是暴力的一部分？越南女孩背上的火焰，因此灼痛了几千公里之外的许多美国人背部的神经。

同样的例子还有马尔康·布朗（Malcolm Browne）拍摄的南越和尚自焚和埃迪·亚当斯（Eddie Adams）拍摄的警察局长在街头枪决游击队员。这些照片给国内政治的反对派提供了直观的证据，证明越南的战争是空前残忍的，美国深陷在这场残忍的战争中，既不明智，也没有必要。

美国作家巴巴拉·W. 塔奇曼（Barbara W. Tuchman）在1968年3月8日发表的一篇文章中说："自从我们的军事干涉以来，美国国内的事务及声誉日渐恶化。"[1] 这个结论得到了那些拍摄于越南的照片的有力支撑。

这三张照片都受到了新闻界的肯定，得到了普利策奖（Pulitzer Prize）或世界新闻摄影大赛（World Press Photo）的褒奖。这无疑是奖掖记者用相机记录了历史，让美国国内的民众了解越南战争的真相——不管民众认可的真相是否是

---

[1] 巴巴拉·W. 塔奇曼：《关于越南》，见《实践历史》，新星出版社，2007年，第278页。

摄影记者的初衷，这些照片都在不同程度上推动了国内的反战运动。

  世界就这样被改变了。

第六章　杀死卡帕

报道摄影的目的决不是单纯的记录，其首要目标是影响读者，影响民众，推动社会政治的变化。这个工作变得越来越艰难，最后几乎不再可能。

有一个故事说，1957 年，玛格南图片社（Magnum）的摄影师雷·贝利（Rene Burri）在希腊拍摄某个事件，结束一天的工作后，他回到旅馆，正要把胶卷从相机中取出来，却看到电视上正在报道他拍摄的事件。他突然清楚地意识到，报道摄影的黄金时代过去了。他拍了一天照片，还没有寄出去，就已经变成了过时的东西。

幸好，罗伯特·卡帕没有看到这一天。1954 年 5 月 25 日，他在一个叫 Thai Binh 的越南小镇里，踩响了一颗地雷。

那时候的越南，法国人还没有走，美国人还没有来。那时候，电视还没有取代摄影，《生活》（*Life Magazine*）杂志还没有停刊。

卡帕总是比别人早走一步，好像是要用自己的双脚验证《生活》的发刊词：

> 去看生活，去看世界，去目击伟大的事件；去观看穷人的面孔与骄奢者的姿态；去看奇异的事物——机器、军队、群众、丛林和月球上的阴影；见证人类的创造——绘画、大楼和新发现；去看几千英里外的世界，藏在墙壁后和房间里的人和事，以及难以接近的危险事件；男人所爱的女人和许许多多小孩；去看且享受看的乐趣；看并受到感动；看并接受教导。

《生活》杂志创刊号

封面摄影:佩克堡大坝,美国蒙大拿州

1936 年

玛丽·伯克—怀特(Margaret Bourke-white)

"看世界"只是卡帕和同行们的职责之一。作为理想主义者,他们的终极目标是改变世界。但这个目标——即使电视永远没有发明出来——是不可能实现的。

二十世纪的新闻理论赋予了记者一种特权:旁观和记录进行中的事态,对即便可预见的结果,也不加干预。"任何事件,无论符合道德标准与否,只要已经开始,就应当让他进行下去,并最终完成,以便能使另外一样东西——照片——出现。"[1] 摄影对暴力的记录最终使自己变成了暴力行为的共谋。苏珊·桑塔格说,"一名越南和尚伸手去拿汽油罐、一名孟加拉游击队员用刺刀刺一名被五花大绑的通敌者的照片之所以如此恐怖,一部分原因在于我们意识到这样一个事实,就是在摄影师有机会在一张照片与一个生命之间做出选择的情况下,选择照片竟已变得貌似有理。"[2]

2006年12月2号的《华尔街日报》(*The Wall Street Journal*)上有一篇报道,开篇说:

> 1979年8月27日,在伊朗萨南达季(Sanandaj)一片灰尘扑面的干燥的野地上,十一个士兵排成一排,举枪瞄准了对面十一个蒙着眼睛的人。
>
> Atesh!
>
> 有人用波斯语下达了开枪的口令。士兵们扣动了扳机。在他们身后,有一个人按下了快门。尼康相机将集体死刑记录在柯达黑白胶卷上。

1980年普利策突发新闻类照片奖,颁给这张记录伊朗行刑队行刑的照片,作者姓名却付之阙如。二十六年后,《华尔街日报》的记者在伊朗找到了这张照片的作者,摄影师贾罕吉里·拉泽米(Jahangir Razmi),德黑兰一家照相馆的老板,伊朗总统和内阁的官方摄影师。据说,如今每一张寄到伊朗总统办公室的

---

[1] 苏珊·桑塔格:《论摄影》,黄灿然译,上海译文出版社,2008年,第11页。
[2] 苏珊·桑塔格:《论摄影》,黄灿然译,上海译文出版社,2008年,第11页。

秃鹫与饥饿的儿童

苏丹

1993 年

凯文·卡特（Kevin Carter）

集体死刑

伊朗

1979 年 8 月 27 日

贾罕吉里·拉泽米(Jahangir Razmi)

照片背后，都印着贾罕吉里·拉泽米的名字。记者不禁迷惑，这个对署名如此在意的摄影师，为何多年不去认领他最有名的照片呢？

假冒的结局可能是一无所有。但是不断有人敢冒天下之大不韪。一直有人声称自己就是《胜利之吻》上的水兵或者护士。如果他们说的都是真的，这张照片会变成萨尔加多风格的群像，无数面目不清的人群充斥着画面，彼此拥挤不堪地亲吻。贾罕吉里·拉泽米证明自己是 1980 年普利策奖得主之前，冒认这一奖项的摄影师不在少数。和假冒照片中人不同，冒认普利策奖得主的行为是一种剽窃。他们想将别人的作品据为己有，更不堪的是，他们剽窃别人的道德勇气，剽窃不属于他们的政治立场，以及社会大众对此的崇敬之情。

新闻摄影受到的崇敬，比其他摄影行为要多得多，但是很少有人问一问，一般意义上的摄影和新闻摄影的区别在哪里？我们无法从一张照片的社会后果去追溯这种差别；题材和手法也不能将它们区别开来。实际上，对很多读者来说，一张新闻照片和其他照片的唯一差别在于，它是一个新闻记者拍摄的照片。这个简单的事实意味着一种豁免权：现代社会鼓励一个新闻记者旁观、记录一件暴行，同时默许他听任事态发展，不去干涉可能发生的可怕后果。

用《华尔街日报》的话说，开枪命令下达的一刹那，十一个士兵举枪 shoot（射击），第十二个人——一个新闻记者，藏身在士兵的背后，同时在 shoot（拍照）。中文无法对译英语巧妙的双关之意：shoot 者——射击乎？拍照乎？也许，新闻记者的确是隐匿的射击者。被蒙着眼的人永远不会知道，他们面对着十一条步枪和一台尼康相机。

没有什么比这一场景深刻地表明新闻摄影的消极性，也没有什么比新闻摄影的这种消极性，更能说明现代政治意识深刻的内在矛盾。1979 年伊朗伊斯兰革命委员会看到行刑队的照片后宣布，一切都是捏造的——没有新闻，没有枪杀。那个隐匿的射击者被暴露在野地中央。贾罕吉里·拉泽米面前的十一个士兵消失了；没有行刑队，没有受害者，唯一等待革命委员会发落的事实，只有他自己和那台尼康相机。新闻摄影的消极性对革命来说是一个威胁。当人群被划分成行刑队和蒙着眼睛等待处决的反革命分子两个部分，那藏身在士兵背后的新闻记者，却不承担处决的责任，也不承受被处决的后果。这个旁观者的角色，有悖于革命高度积极的动员原则，同时违反了共同分摊暴力责任的群众心理。

然而到了美国，当这张照片出现在《纽约时报》和《华盛顿邮报》上，消失的却是贾罕吉里·拉泽米和他的尼康相机。对美国读者来说，这张照片只意味着一个事实：十一个人开枪，将另外十一个人击倒在地。这张照片激起了美国人对革命中杀人如麻的恐惧和厌恶。与此同时，新闻摄影的消极性也消失了。美国人用普利策奖——一种积极的政治态度，赋予了这张照片全新的意义、道德感和政治立场。

为了克服报道摄影的消极性，发布和传播照片时，对照片的评论和阐释都是不可或缺的一环。评论和阐释赋予了照片积极的意义，以便抵消蕴涵在摄影的消极性中的道德风险。新闻社和报刊年复一年地评选年度照片，予以嘉奖，与普利策奖评奖委员会和世界新闻摄影大赛（WPP）组委会每年组织的评选活动一样，授奖活动的全部目的是赋予新闻摄影以批判精神和政治指向，同时消除旁观暴力、贫穷和不义的摄影行为对人性潜在的腐蚀作用。经过发布、传播、授奖和评论，新闻摄影消除了自己的原罪，变成了政治批判，成了推动世界向前发展的积极的政治行动的一部分。

评选年度照片这一行为的追求甚至并非止步于此。影像记录的生命将比生命本身更长久。事情结束了，照片仍然存在，并且经由照片评选活动一再重复和传播，当照片中的人物已经朽没与尘土无异，照片却摆脱了速朽的命运，甚至成了历史的关键情节。人类痴迷于记录历史，显然与普遍的渴望超越肉体的限制达致永恒的追求有关。摄影活动因此具有了民间传说和历史叙事相同的心理基础和社会结构。

"当真实的人在那里互相残杀或残杀其他真实的人时，摄影师留在镜头背后，创造另一个世界的小元素。那另一个世界，是竭力要活得比我们大家都更长久的影像世界。"[1] 摄影界听得出苏珊·桑塔格这句话背后的冷嘲热讽，他们将赋予专业主义和冷眼旁观的新闻摄影——"比我们大家都更长久的影像世界"——更多、更大的合法性，以便抵消其在政治和道德上的消极意义：

南越和尚释广德自焚：1963 年 WPP 年度图片；

街头枪决北越游击人员：1968 年 WPP 年度图片；

越南村民逃离凝固汽油弹袭击后的村庄：1972 年 WPP 年度图片。

只有当摄影行为回到照片记录的事件正在发生的那一刻，我们才能体味到新闻专业主义准则对摄影者的伤害，以及将这一伤害驱散于无形的文化消毒行为的残酷性。然而，干预死亡的结果很可能是摄影师自己的死亡。南非摄影师凯文·卡特（Kevin Carter）的命运就是最好的证明。1994 年，他拍摄的"秃鹫与饥饿的儿童"获得普利策奖。奖项没有缓解照片上的场景带来的极度绝望和抑郁，1995 年，他把自己封闭在车厢里，结束了自己的生命。

罗伯特·卡帕死于战争，死于地雷，凯文·卡特死于自杀，死于汽车尾气，他们俩的死只隔了四十年时间，但性质完全不同。卡帕肯定不是个战争狂，不过，在他生活的那个时代，人们对战争的感觉很奇特。虽然脑子里还存有二战的毁灭性的记忆，但战争的确被认为是一种政治上的解决方案。评估战争的时候，卡帕时代的人们评估的是战争在技术上的可能性，很少把战争完全看作是一个道德命题。

为了消灭战争，需要一场战争。这种观念在很长时间里都深入人心。那是个到处都在发生悲剧的乐观时代。

凯文·卡特生活在一个平庸的年代。在这个时代里，有战争却不知道是为什么打仗；饥饿年复一年地笼罩着灾难深重的地方，但并不是因为天灾导致的粮食供应不足，而是因为政治。长此以往，人们丧失了解决问题的信心。一部分人类的命运仿佛依靠惯性驶下山坡的汽车，车内的人和车外的人麻木地看着

---

[1] 苏珊·桑塔格：《论摄影》，黄灿然译，上海译文出版社，2008 年，第 11 页。

这一幕，听天由命。政治上的平庸和麻木，人类道德激情的衰退，是真正无法解决的悲剧。

政治和道德激情的衰退，是报道摄影如今必须面对的难题。如何让照片通过封锁传递到西方，也曾经是很专业的技术问题。这个问题在今天已经不再成立了。随着互联网和海事卫星技术的普及，照片变得越来越易于传播，但令人惊讶和失望的是，它们的重要性也随之下降了许多。

2007年，在缅甸发生了学生和僧侣的街头抗议运动。在运动前景未明的最初时刻，军政府采用了多种方法封锁互联网，试图阻止国内的反抗运动与国际上的政治压力互通声息。在今时今日，这种做法只是白费力气。但出乎意料的是，那些轻易绕过互联网障碍流传出来的文字、图片和电视画面，并没有激动千里之外的人心。这和二十世纪六十年代和七十年代的情况有很大的分别。

一般说来，这种情形可以被解释为世界性的政治气氛和主题发生了变化。我认同这种分析，同时有一个传播学上的合理怀疑，那就是，政治抗议的重要性已经被过多的相关信息掩埋了——至少是转移了。

没有了传播途中的障碍，普通的受众对信息也失去了接受和反馈的激情。当数量众多的同类信息变得唾手可得，我们的注意力就会转移，信息泛滥会引起生理上的反感。街头政治的照片千篇一律，和战争照片一样，已经没有任何新意。它们是被过度演奏的乐曲，不管本质上如何美妙，也照样会变成一堆垃圾，并且失去了召唤激情的功能。

要重新唤起政治和道德的激情非常困难。就像一种魔法，一种巫术，所有的召唤都需要特定的精神氛围，需要一种饥渴地等待召唤的心理结构，同时，还需要传播学原则的支持。

街头政治的景象常常如梦如幻，让人陶醉，并且声泪俱下。被一张照片、一篇新闻或者一次演讲召唤起来的群众，与被巫师的法器召唤起来的原始部落的成员毫无分别。这是一个传播的秘密。或者可以说，传播的惊人效力取决于某种秘密的存在。巫师挥动手上的魔杖，那些密不示人的法器开始叮当作响，

欢乐场景引起一种极其有趣的反应:很多人宣称自己被拍进了这张著名的照片。"如果他们说的都是真的",画面将变得拥挤不堪——这和那些无人认领的照片的命运截然相反。

胜利日在时报广场

1945 年 8 月 14 日

阿尔弗雷德·艾森施泰特(Alfred Eisenstaedt)

第六章 杀死卡帕

法器上的图腾就会使人进入半梦半醒的亢奋状态；从甘地（到马丁·路德·金）到纳尔逊·曼德拉（甚至特蕾莎修女），他们召唤起来的道德和政治激情，都和一些叮当作响的历史的小法器密不可分。而摄影师和新闻记者，正是制造这些小法器的隐秘的工匠。

二十世纪四十年代、六十年代、七十年代和八十年代，在印度、在偏僻的美国南方小镇和遥远的南非，当代圣人（巫师）的形象一旦塑造出来，就迅速作为印刷品、作为偶像和符号开始传播。摄影师将胶卷寄回西方，冲洗工在昏暗的暗房里将它们冲洗出来，报纸的夜班编辑加班加点，印刷厂需要连夜作业，这些当代传播链条上的关键人物，像极了在昏暗的密室中加工法器的巫师助手。新闻和照片出街之后，犹如法器一样叮当作响，传播途中每每引发群众的狂热。道德政治的激情开始发酵，某些时刻，必然会冲破殖民政治、大独裁者或者军人政府封锁的藩篱，最后形成街头运动。

从这个意义上说，政治和道德激情发酵的年代，也是巫术和魔法从密室进入街道的年代。政治开始带有超现实主义的风格，历史展示出前所未有的可能（正如1968年5月法国学生的狂热宣言："做不可能的事"）。摄影师和新闻记者是这一切的始作俑者之一。面向西方的新闻报道几乎要重新改写历史（在某些时刻，历史真的遵循传播物的逻辑，被改写了）。然而，冷战结束之后，这种传播的魔力就消失了。

昂山素季的传奇之处，比起二十世纪四十年代、六十年代和七十年代的政治/道德偶像来毫不逊色。然而，历史出人意料的转弯，推着她走向了一个欧·亨利式的结局。

这个转弯是从二十世纪九十年代以来令人昏昏欲睡的全球经济一体化潮流开始的。经济发展让人丧失关心世界的激情，最终变得理性过剩而无动于衷。另一方面，在日益扁平化的世界上，道德和政治的等级制度也开始崩溃；昂山素季这样的当代圣人/巫师，就这样失去了赖于生存的祭坛。电视、互联网加剧了新闻商品的竞争，传播越来越以快速和繁多为能事；照片和新闻失去它们在政治和精神生活中的全部神秘性，变得和"中国制造"一样易得，没有多长时间，

"人们陷入政治和道德冷感",而 "摄影师失去了为这个世界抓取和确定象征物的能力"。

有昂山素季肖像的《时代》周刊封面

2010 年 11 月

封面摄影：Redux

特蕾莎修女

1988 年

尤素福·卡什（Yousuf Karsh）

这些丧失了神秘感的信息露出了快速消费品的马脚。

报道摄影变得无足轻重，大多数时候是充塞版面的高级点缀，没有一点有用的信息，也丧失了召唤激情的功能。作为一种曾经罕见的经验，战争已经通过电影、电视、新闻和电脑游戏完成了普及。战争像飞行、长距离旅行和互联网一起，成了当代的基本生活经验。战地摄影不再是不可替代的视觉体验，相反，它们是无所不在的战争经验的残渣。

受众失去了等待、观察、反思的习惯，由此丧失了辩论、理解和接受的兴趣。这不过是政治巫术令人沮丧的终结中的最后一环罢了。

人们陷入政治和道德冷感，这种现象是全球性的。今时今日，什么现象都是全球性的。随着经济全球化，世界正趋于雷同。在趋于雷同的世界里，报道摄影被边缘化的另一个原因，是因为摄影师失去了为这个世界抓取和确定象征物的能力。

如果所有的照片都充满了象征物，就不可避免地会让人感到单调。就这一点而言，朝鲜一定是世界上最让摄影师感到挫败的国家。来自朝鲜的影像给人深深的压抑，一个很重要的原因是很难看到肖像照片。对摄影师来说，这是个个人面孔匮乏的国度。朝鲜大型歌舞的演员数量动辄以千人计，他们按照精确的设计，组成色彩斑斓的图案，有时候这个图案就是一个人的肖像，但是这是最没有人味的肖像。光线、色调、拍摄角度，这些标记摄影风格的要素，在这个由人群组成的人像面前，完全无关紧要。除了大大的头像，什么都没有。个人的面孔消失了。肖像照片也随之消失了。至少在朝鲜，现代摄影对此还无能为力。

肖像意味着特殊的艺术价值吗？在慢吞吞的油画时代，画家必须日复一日地盯着模特或者顾客的脸，以至于到了二十世纪，塞尚（Paul Cezanne）不耐烦地对他的主顾说，为什么她不能像苹果那样一动不动。从这个角度来说，肖像见证了艺术活动中人和人的关联。

这种关联如果不是基于信任，至少也是对信任的现代反动。

但相机发明之后，主顾们不再需要忍受画家的坏脾气，而只需按照摄影师的指令，张开或者合上他们的嘴巴。张嘴合嘴的历史进程引发的后果是惊人的。

阿里郎演出

朝鲜平壤

网络图片

河南孟津县

1996 年

王彤

它带来了一个影像泛滥的世纪。墓碑上和书橱里都摆满了照片。从画像到照相，在这个影像现代化的过程中，信任的价值（某种程度上是画家和模特的关系）几乎被摄影抛弃殆尽。只有在肖像照片中，它以某种残存的形式存在，并且重温那稍纵即逝的关联。

没有肖像，是朝鲜检查摄影师的工作产生的恶果之一，使得有关它的影像流露出一种"非人"的色彩。人类面孔带给同类的亲切感是不可取代的，这是摄影的秘密之一。对一个外来的观察者来说，肖像照片就是衡量一个国家政治开放的标准。切断拍摄者和被拍摄者的关联之后，平壤的街道和歌舞、它的意识形态象征物带来死板呆滞的印象，几乎不可能通过别的途径消除。

矛盾的是，对报道摄影而言，没有象征物，照片就失去了定位时代氛围的工具。没有乔·罗森塔尔拍的硫磺岛上升旗的照片，没有纽约广场上的"胜利之吻"，二战的历史就很难表述。不是吗？

以中国为例，中国早已经不再是那个只有象征物而没有个人面孔的时期。2006年9月号的美国《国家地理》，封面报道以中国为题，刊出不少摄影师弗里茨·霍夫曼（Fritz Hoffmann）拍摄于中国东北的照片。这些照片和二十年来国外摄影师报道中国的照片相比，摄影的语法明显发生了变化。政治和日常生活的象征物，正逐渐从照片上消失。

虽然《国家地理》的编辑仍然选用了一张以"铁人"王进喜雕像为主题的广场照片作为封面，但是，雕像、标语、广场和仪式，不再是摄影的中国话语中不可或缺的组成部分。二十世纪八十年代的摄影师还随处可以在中国捕捉到中山装、便帽这种日常生活的象征物，如今，这些象征物早已经退出中国人的生活。革命政治的象征物没有消失得这么彻底，但至少在最近的十年以来，要么被人熟视无睹，要么淹没在了新兴的空间形态里面。它们顺理成章地淡出了摄影师的视野。

中国摄影师王彤生动地记录了革命政治象征物的消失。因为象征物的消失，在中国的摄影工作，很难再像玛格南的摄影师马克·吕布（Marc Riboud）在中国工作的年代那样，大街上随处可以捕捉到戏剧性的画面。和那个时代摄影师主要面临没有拍摄机会的困难相比,今天在中国工作的摄影师要么面对着一个全球化下毫无戏剧性的中国,要么是面临着无法深入的难题。

当然,大多数马克·吕布在中国拍到的戏剧性画面,并非因为场景和环境内部冲突得厉害,而是前二十世纪九十年代的中国遭遇西方摄影师的相机,后者很难抑制住错愕之情。中国太遥远了——不仅是地理上的,也让西方摄影师们产生了一种时光倒流的错觉,以为自己来到了一个时间停止的国度。

对努力发掘新题材的摄影师来说,中国是不多的没有充分开发的报道国家之一,而且某种程度上,还有持续成为热点的可能性。有一回在上海碰到一位法国摄影师,他勉励中国的同行说,很多西方的摄影师都急于到中国来,他们希望像拍摄成名作一样拍摄中国,却常常不得其门而入。

我记得他的成名作是一组意大利黑手党的照片故事。一个报道摄影师试图进入和深入中国,真有这么困难吗?但想一想,当我们面对一个没有边界、没有概念和象征物的新世界时,要把握住它,的确应该困难一点。

我们不能接近拍摄的对象,即便接近了,也无力抓取一个象征性的镜头。那些向全球化敞开怀抱的文明越来越雷同。

世界变得平坦,摄影师眼中的世界尤其是这样。报道摄影就这样走上了自己的末路。

2005年1月,印尼发生了巨大的海啸。海啸后,我曾有机会感受到一种过时的工作方式的魅力。我有好几个朋友立刻打点行装,从北京、上海或者广州出发,第一时间赶到印尼或者泰国去采访,并且很快就从那里发回了照片。

那年10月,两个路透社驻中国的摄影记者看了许多中国摄影师在那次灾难中拍的照片,由衷地说,这些照片的水平很高。"中国摄影师拍摄的题材通常更适合华人世界的媒体",他们说,"但这些年来,新一代摄影师已经具备了世界性的眼光和技术。"

"世界性",这种对照片的评价说明了什么?照片并不分享世界性的市场或者世界性的话语权,也不分享世界性的经验——这种经验从来就不存在。它分享的是世界性的摄影观念。

中国的都市报开始向世界性新闻事件派出记者。他们使用的相机（最新款的数码产品）和工作语言（英语）、传输照片的方法（互联网）、制作工具（Photoshop）全球一致。但这并非这些照片"世界性"的关键。关键在于，他们和美联社、路透社、法新社，和全世界最快速的照片采集机构一起，在相同的地方，相同的时间，拍到了相同的照片。

用路透社记者的说法，他们拍到了"同样高水平的"照片。

高水平的构图、用光、凝固的人类表情、废墟。东南亚海啸后，图片库都推出了新闻专题。这次快速反应再次验证了"高水平照片"的标准世界通用。实际上，这样的标准世界上也只有一个：欧洲、美国和亚洲的摄影师，不同的摄影网站，他们的数码相机都在等待同样的人类表情，同样的废墟。编辑在这个标准下，从成千上万的东南亚海啸照片中挑选出这样的人类表情和废墟。最后，这些人类表情和废墟呈现在读者面前。

报纸的编辑没有节制地使用照片，摄影师就在"晕眩"的普世标准下没有节制地制造照片。这种做法不仅降低了报道摄影的行业水平，也降低了读者鉴别、欣赏和根据行动的能力。

苏珊·桑塔格说过，"摄影对世界的利用，连同其无数的记载现实的产品，已把一切变得雷同……摄影通过揭示人的事物性，事物的人性，而把现实转化为一种同义反复。"[1]

对一张照片的倦怠是怎样产生的？当摄影将现实转换为一场同义反复，所有图片机构和日报从同一场战争、海啸、地震的现场带回的表情和废墟，也将同一行业标准下的呆滞呈现在全球观众面前时，观者在体会到呆滞背后的痛苦之前，倦怠已经提前袭来。

从纽约到上海，从普利策奖的评审委员会到一间本地报纸图片采集中心，摄影记者越是深刻了解到摄影的光荣历史，越是了解到这个行业的标准所在，

---

[1] 苏珊·桑塔格：《论摄影》，黄灿然译，上海译文出版社，2008年，第112页。

海啸的废墟

印度尼西亚

2005 年 1 月

金立旺

越是了解到什么是摄影界的"世界性水平",倦怠就会不可避免地成为新闻摄影的命运。

因为倦怠,过去,图片记者和编辑尽量为照片争取版面,现在对照片的强调一天到晚挂在新闻负责人的嘴边,然而,观者的注意力在照片上停留的时间一天比一天少。

现在的图书、报纸、杂志、广告甚至电视画面中,照片比起十年前的使用数量和使用频率不可同日而语。照片变成了消费世界不可或缺的部分。但是因为倦怠,照片又丧失了和我们的关联。

在这个政治失去了动力的平庸时代里,从事报道摄影的摄影师和摄影记者——卡帕的同行和后辈们——扮演的是什么样的角色呢?说来可怕,他们的角色之一是饲料。

"底格里斯河里的鲤鱼处在一条可怕的食物链上",2007年7月10号,路透社的记者Seif Fouad写道,"巴格达人对这种传统美食的胃口已经败坏殆尽,因为有人说,河里的鱼是吃人的尸体长大的。"

其实,在古老的底格里斯河里,最大的鲤鱼是2003年以来的战争;它撕咬士兵和平民的血肉自肥——饲料当中就包括了一百九十四名记者。

Seif Fouad的文章发表两天后,他的同事,路透社的摄影记者Namir Noor-Eldeen被炸身亡。据报道,Namir Noor-Eldeen死的时候正在拍摄美军的一次空袭。他只有二十二岁。同时被炸死的还有Namir Noor-Eldeen四十岁的助手,以及九名武装分子——他们的姓名和年龄,则无人知道。

和任何军事行动一样,巴格达的空袭里没有一条可靠的界限,能够把摄影师和军事人员区别开来。只有死亡能够证明,他们手上的武器并不相同。

最后的时刻到来之前,相机和步枪没有任何差别。摄影师和军事人员同处在战场中心,他们用同样的姿态埋伏和冲锋,东张西望,不停地shoot——射击乎?拍照乎?至少在英文里,这两个词并没有被区别开来。如果说射击是战争中的一种必要,拍照的必要性现在已经变得可疑了(如果不是从来如此的话)。

战壕中的美军士兵

阿富汗

2007 年

蒂姆·赫瑟林顿（Tim Hetherington）

蒂姆·赫瑟林顿不但是著名的战地摄影师，也是一名纪录片制片人，并获得过奥斯卡金像奖提名。他拍过惊惶脆弱的士兵，并获得世界新闻摄影大赛（WPP）年度图片殊荣。2011 年 4 月 20 日，他死于利比亚。死于同一次火箭弹袭击的还有美国摄影师克里斯·洪都拉斯（Chris Hondros）。克里斯是 2006 年度的罗伯特·卡帕奖得主。

士兵被总统和将军们投入战场，平民因为某个未知的因素，不幸身在其中；摄影师身处枪林弹雨，shoot（拍摄）或者shot（被击中），所为何事？

是真相吗？今天的读者不再渴求真相。如果这样说过于轻慢的话，可以说，今天我们没法到报纸上的照片那里去寻找真相。在照片上，一场战事和另一场战事既没有区别，也没有什么能够显示，那就是真相。你来了，你看到了，你拍到了——拍到一次崭新的空袭，然而，和一天前、一个月前、一年前的某一次空袭没有任何区别。现代战争太不对称，交战双方太遥远了，甚至可以在军事人员不接触的情况下，通过空袭打垮一个国家。这超越了摄影报道的极限。

第二次海湾战争中，美国的摄影师日复一日地跟着军队推进，他们发回美国的故事和照片在国内受到质疑。美国的民众认为，这是宣传，不是真相。

对摄影师来说，有一个真相是确定无疑的。这个唯一确定不移的真相，就是死亡——你再也没有机会拍摄下一张照片了。

如果数码相机没有记录下拍摄的时间，大多数照片就没有任何价值。即使数码相机记录下了时间，大多数摄影师冒着生命危险拍到的照片，仍将在时间里褪色，失去一切价值。为了一张注定要迅速消失的照片，为什么摄影师要去甘冒奇险？什么让他相信，真相不在别处，而就在子弹最多的地方？

事实上，今天的战地摄影师不知道真相在哪里。他们甚至不知道真相是否存在。

冒着巨大风险拍到一些平淡无奇的照片，摄影师这种做法值不值得，这件事有大量的解释。最流行的说法是，新闻的真相——有些人称之为历史的真相，就像煤的形成，当初花费了大量的木材，最后得到的不过是一小块。照这种说法，一根木材微不足道，然而是不可或缺的，因为无数平庸之作是反应历史本质的伟大作品得以产生的数量基础。历史成为历史之前，谁也不知道哪一张照片会被流星击中，成为真相的一部分。其他照片的黯淡衬托了伟大作品的光芒。

这个说法的意思是，摄影记者重复冲锋在最危险的地方，将难以计数的照片产生出来，目的是消灭它们自身，以便变成终极目标的一部分。

照片产生的过程不乏鲜血淋漓，但消失的过程却不过是一缕轻烟。这是当代报道摄影的一般命运。当代战争和当代新闻的逻辑，正在使摄影师"螺丝化"。承认这一点很困难：作为新闻生产者，记者丧失了独立观察和做出判断的位置，陷身在战场中央，将自己和相机暴露在直升飞机的机枪火力之下。在二战中，许多摄影师穿上军装才得到拍摄的机会。很不幸，他们也常常暴露在火力下。然而，那个时代的摄影记者将独立判断而非真相作为摄影的主要价值来追求。摄影师 Namir Noor-Eldeen 和他的同行们脱下了军装，却变成了战争机器上的一个损耗严重的零件。摄影师先是以自己的身体加入战争的食物链，然后以自己的作品加入历史的食物链，结果，世界没有改变，只是让我们的胃口丧失殆尽。

照片一度是我们了解世界，与世界发生关联的重要桥梁。现在，桥梁的根基松动了：拍照人人可为，摄影变成了快速消费。"人类一家"这样明快有力的理想主义世界观，不再像过去那样打动人心。在解构崇高的道德怀疑面前，"人类一家"的观念，似乎已经变得苍白而没有说服力。报道摄影的风格发生了巨大的变化。这些年流行的风格，不再是卡帕式的——和历史本身一样粗糙直白，也不再是尤金·史密斯式的血淋淋，或者史蒂夫·麦考瑞那样，过分追求让人晕眩的效果。报道摄影的影像也变得漂亮、模糊、含混、疏离。没有了那些陌生的影像的逼视，我们不禁松了一口气。然而，继之而来的却是茫然。

随着晕眩感的消失，读者对照片熟视无睹。在一个照片不可或缺的时代，读者不再抱着小心翼翼的态度审视照片，不再追寻照片背后的故事。照片不再是政治运动的一部分，改变世界不再是报道摄影的使命。

还有人相信照片能够改变世界吗？

有一天，我问一位玛格南的摄影师这个问题，他想了想，回答我说：

照片不能改变世界。但它仍然动人。

想了想，他又说：

也许，照片从来没有改变过世界。

第七章　晕眩的成分

在很长一段时间里，我对史蒂夫·麦考瑞寻找阿富汗女孩的故事念念不忘。并非为了证明报道摄影的人道主义传统有多伟大，也不仅因为 Sharbat Gula 的眼神代表了阿富汗在现代世界的苦难历程，我只是感到迷惑。我迷惑：从 Sharbat Gula 令人晕眩的眼睛里，我们为什么会窥见自己的灵魂？

我曾经尝试着去分解晕眩的成分。在我看来，构成摄影的晕眩与现代经验在其他领域（音乐、文学和政治活动）中产生的晕眩应该一致，它（首先）是个人投身群众狂欢时的感官失控。

从照相术被发明出来到照相机变成新闻机构的标准配置，摄影制造和传播晕眩的能力有了巨大的扩张，然而，根本性的变化却是廉价的相机进入万千家庭，照片变成我们生活的一部分。甚至当真正的生活死去很久之后，照片仍然作为时间的碎片（如同一块凝固了某个小生物生命痕迹的琥珀）长存下去。

观看一张发黄的二十年前的照片，被时间的漩涡所吸引而晕眩的体验，如同农业社会中人人都有机会俯身在一口井的边沿，被幽暗的空间吸引而产生晕眩。观看照片产生的晕眩，变成了普遍意义上的现代经验。

晕眩的普遍性表明，观看照片产生的感官失控是一种现代潮流。我为这种晕眩的潮流而迷惑：这种潮流是现代生活的必然性的内在需求，还是被工业社会制造出来的一万种具有传染性的消费欲望中的一种呢？

拥塞在街上充满购物欲望的人群与充塞在街上充满革命热情的人群唯一的

不同在于，后者的眼神看着同一个（必然性显灵的）方向，而前者的眼神被无数个偶然所分散。除此之外，他们有着惊人的一致，消费者和革命者的感官同时在大街上体验到了失控的晕眩。

有一种照片被看成是必然性的象征，仿佛必然的幽灵经过光化学的复杂作用，亲自显影在一张相纸上面。围绕着作为必然性象征的照片，有一整套关于必然性的历史叙事。Sharbat Gula 那双令人晕眩的眼睛，因此变成了战后中亚历史（在更大的层面上，是整个冷战时期的世界历史）的一部分。因为这段历史将地球上绝大多数人口卷入其中，数十亿人不得不失去偶然之神的庇护。他们和 Sharbat Gula 一样，被抛掷在命运已经注定的世界上。尽管有一双令人晕眩的眼睛，却只能见证让人绝望的苦难（目的是证明某种政治制度的优劣），而不是为了接受情人的赞美和抚爱。

的确还有一种照片，它们摆脱了必然性多毛的大手的无情摆弄。摄影似乎重新发现了偶然的乐趣。我们的眼睛不是为了见证苦难，重新观察起了世俗生活中那些平淡无聊的时刻。相机从战场（1855 年的克里米亚战争是第一场拍成照片的战争，因此名垂青史）回到了室内（第一张照片产生的地方），从街头［艺术史上第一个摄影师欧仁·阿特热（Eugène Atget）的工作场所］延伸到了床上（曾经和现在仍在拒绝拍摄）。

摄影的历史上这一股回归世俗和偶然性的潮流，首先是技术上的。在电影《布达佩斯之恋》（*Gloomy Sunday*）中，德国商人向一位吉普赛女郎出示了"德意志工业的最新成就"：一台小巧便携的金属相机。向吉普赛女郎求婚遭拒后，醉醺醺的失恋者决定跳河自杀。纵身一跃之前，德国商人（应该说是导演）不忘把"最新成就"挂在桥栏上，电影给了这台（装在崭新的黄色牛皮套里的）相机（里面的底片上还有一个小小的吉普赛女郎）一个特写镜头。

这个特写镜头也许在暗示说，和古老的求爱激情及其十分偶然的结果（失恋或上床）相比，小型相机（及其制造工业）是开启新时代洞穴大门的暗号。美食、音乐、三角爱情、失恋、嫉妒和报复，甚至是战争与种族灭绝政策，都不是历史上的第一次（也看不到尽头），唯独小型相机的发明，打开了前所未有的洞穴的大门。多年以后,苏珊·桑塔格说道:"摄影作为一种娱乐,已变得几乎像色情和舞蹈一样广泛……相机伴随家庭生活。"[1] 拍照变成了一种生活方式,某种意义上是一种群众运动,让人晕眩。

不再只是那些训练有素(和必然性一样多毛)的手打开镜头盖,或者按下快门,每一个人(首先是西方人,后来是东方人,其顺序与世界现代化的先后一致),都能在拍照中得到快乐。"二十世纪五六十年代富裕而庸俗的美国粗鲁游客的寓言,在二十世纪七十年代初期已经被具有群体意识的日本游客的神秘性取代……这些日本游客一般都配备两部相机,挂在臀部两边。"[2]

和从来没有见过相机的 Sharbat Gula 相比,相机是史蒂夫生活的一部分;和生活在巴基斯坦的阿富汗难民营中的 Sharbat Gula 相比,工业社会的时间流逝机械而迅速,不,不是流逝,而是时间仿佛从来没有存在过;存在的只有时间的碎片及其遗迹,如同琥珀一样的照片。

然而,事情就在这里发生了变化。错过时间的沮丧愈严重,我们愈想抓住遗留下来的些许碎片。拍照因此变成了一种必须。

从二十世纪五十年代到现在,桑塔格说的因为"和过去决裂"而患有精神隐疾的工业社会的游客(最狂热的摄影者永远是那些被剥夺了过去的人),一批接一批地践行她的理论(以照片诠释一切体验,使一切体验大众化)。相机从战场和街头回到了室内,甚至和我们一起上了床,然而,它没有一刻摆脱必然性的幽灵。我们将它从取景框中赶走,它又从镜头回到胶卷上。

我们投身这个必然性显影的群众运动(不管是战场上还是床上),目的都是使自己获得晕眩。在感官失控的晕眩中,时间停止了。我们不再感到被时间远远地抛在后面的焦虑。

摄影术产生之前,小说在所有的艺术门类中与时间的关系最为密切。小说

---

[1] 苏珊·桑塔格:《论摄影》,黄灿然译,上海译文出版社,2008年,第8页。译文略有修改。
[2] 苏珊·桑塔格:《论摄影》,黄灿然译,上海译文出版社,2008年,第10页。

家曾经普遍掌握制造晕眩来缓解焦虑的艺术。

《战地钟声》(今译《丧钟为谁而鸣》)的故事发生在1937年5月的三天时间里,那是西班牙内战的紧张时刻。尽管海明威的风格极其俭省,小说却不可遏止地交代了乔丹的一生。

乔丹是来自美国的大学教师,因为喜爱斗牛和学习西班牙语而与西班牙结缘。在动荡的内战中,他选择了站在共和政府一边,对抗佛朗哥的军队进攻。他领受指令,前去炸掉一座桥梁,阻断佛朗哥的进军路线,却和西班牙少女玛丽亚迸发出激烈的爱情。小说写道,当他们在一起的时候,时间突然停止了:

> 接着是压在身子底下的石楠的气味和她脑袋底下被压弯的茎枝的粗糙感,明亮的阳光照射在她紧闭眼睛上,他将一辈子也忘不了她那线条优美的脖颈,仰起在石楠根茎中的头,不由自主地微微牵动的双唇和对着太阳、对着一切紧闭的眼睛上的睫毛的颤动。阳光照在她紧闭的眼睛上,使她觉得一切都是红的,橙红的,金红的,一切都是这种颜色,一切的一切,那充塞,占有,委身,都成了这种颜色,眼花缭乱地成为一色。对他来说,那是一条不知通往哪里的黑暗通道,一次又一次地不知通往哪里,永远不知通往哪里,胳膊肘沉重地支在地上,不知通往哪里,黑暗的、永无尽头的、不知名的去处,始终坚持着通往不知名的去处,一次又一次地永远不知通往哪里,现在再也无法忍受了,无法忍受地一直、一直、一直通往不知名的去处,突然地,灼热地,屏紧地,这不知名的去处消失了,时间猝然停止,他们俩一起躺在哪里,时间已经停止,他感到地面在移动,在他们的身体下面移开去。[1]

这次性高潮的到来不仅气势汹汹,而且将小说制造晕眩的技术特征显露无遗。时间停止了,叙事失去了前进的方向,像漩涡一样盘旋不已。

---

[1] 海明威:《战地钟声》,程中瑞译,上海译文出版社,1994年,第140页。

在普鲁斯特之前，小说一度如同现实中的河流，吸纳了支流，以酝酿结构上的高潮，最后从高处跌落起来，掀起巨大的水幕，水汽弥漫，隆隆的声音让人不禁感到晕眩。

我们在《红与黑》的末尾，领教了十九世纪小说高潮的巨大跌宕。当于连躺在断头台的下方，广场上的人群都屏住了一口气：所有的支流都已经汇入干流，叙事的水流在于连的死刑到来之前，明显加快了速度，紧张的气氛搞得人人脸色苍白。漩涡突然从天跌落，并且在降落过程中体验到炫目的失重——时间在失重的降落中失去了方向，让人立刻陷入了幸福的晕眩。

普鲁斯特的小说却将时间消耗殆尽。时间变成了一条思绪的河流，其河床固然变化万端，却无从观察水流的变化。没有高潮，没有瀑布。《追忆似水年华》是时间的坟墓。从任何一处读起，都可以从中发现全书具有的惊人的均匀的特质。

小说变成了时间的坟墓——在幽暗的坟墓穹顶下，时间是均匀的，像空间那样可以划分成三百六十个小格，首尾相衔，周而复始，不再具有前后的维度。小说艺术在二十世纪的这一发明，摧毁了十九世纪的艺术节奏，也将读者从进化的河流中拎出来，重新置身一条没有瀑布的河流。

在《战地钟声》的第三十七章中，罗伯特·乔丹和玛丽亚躺在地上，乔丹注视着手腕上的手表，目睹时间在缓慢地、几乎是难以察觉地流逝。军事行动的时刻越来越近。"他注视着分针，全神贯注地看着，竟发现简直能觉察到它在走动。"乔丹开始抚摸玛丽亚，不禁产生一种"落寞的痛楚"，"他垂下头，眼睛凑近表面，只见尖尖的夜光指针在表面的左半部朝上缓缓移动"。他开始吻她，想让时间停止；舌头停留在玛丽亚耳朵的顶端，颤抖了起来："他感觉到这阵颤抖贯穿在那落寞的渴望之中，他看到表上的分针朝上走动，和时针构成一个小锐角，快到点了。"[1]

她仍在沉睡。

---

[1] 海明威：《战地钟声》，程中瑞译，上海译文出版社，1994年，第329～330页。

直到"他们合而为一了",令人恐慌的时间才停下了向前(朝上)的脚步:

……可贵的是现在,现在,现在。啊,现在,现在,现在,唯有现在,首先是现在,除了你这个现在,没有别的现在,而现在是你的先知。这样,尽管表上的指针仍在走动,但是这时已经看不见了。现在,永远是现在。现在来吧,现在,因为除了现在只有现在。是啊,现在。现在,请吧,现在,只有现在,除了目下的现在什么都不存在,你就在这儿,我在这儿,一个在这儿,另一个也在这儿,别问为什么,永远别问为什么,只有目下的现在;一直下去,永远是现在,请吧,永远是现在,永远是现在,因为永远只有一个现在;只有现在,只有一个,除了现在没有别的,一个,现在在进行,在升腾,在漂流,在离去,在盘旋,在翱翔,在消失,一直在消失,不停地消失。[1]

在小说的高潮中,时间突然停止了,仿佛一条河流克服了物理定律,毫无预兆地悬浮不动。这种感受,我们即可称之为晕眩(我们失去了对时间的感觉)。生理上的高潮(没有节制地延长一种瞬时的体验)将漫长的历史缩短为一瞬间,又实实在在地将刹那变成永恒:晕眩的这一生理基础,正是摄影的功能之一。

在艺术的历史上,推动情节来制造阅读的高潮体验,曾是一门小说家必须掌握的手艺。十九世纪后期,这门手艺达到了成熟的高峰,随后衰落了。晕眩不再是小说家孜孜寻求的对象。于是,摄影师从小说家手里接过了有些陈旧的火炬。

---

[1] 海明威:《战地钟声》,程中瑞译,上海译文出版社,1994年,第330页。

第八章 琥 珀

摄影术后来被赋予的机动性(德国商人向吉普赛女郎展示的"德国工业的新成就")泛滥之前,在摄影术的童年时代,摄影师的工作主要是表现"突然静止"的世界。"突然静止",这个光学发明让我想起格林童话中的女巫,她在生日宴会上念出一个咒语,时间突然凝固了,公主开始沉睡。在随后的一百年中,只有玫瑰花枝继续生长,最后把整个王宫包围在多刺的巢穴之中。

摄影术在自己的童年时代一再重复这个童话的主题:时间的进程可以中止,使生命最美好的状态保持到一百年后。

如同玫瑰刺丛中的梦境,突然静止的时光是美好的。在幼年时代,我第一次看到自己的照片,一番忸怩之后,我对照片上自己的形象产生了痴迷的喜爱。那是一张五时规格的黑白照片。我神情迷惑地抬着头,目光怔怔而坦白地直视相机(如同 Sharbat Gula 面对史蒂夫·麦考瑞),既不躲闪,也没有迟疑。

为我照相的是流动在乡村的摄影师。他随意地拍摄照片,尽管儿童脸上静态的迷惑神情相当动人,却丝毫没有将某个时刻记录下来的野心。他的工作和奥古斯特·桑德的抱负毫无干系,但从某个角度而言,却极其相似。

在奥古斯特·桑德一百年前拍摄的人物肖像中,一些普通的德国人镇定而且宁静地注视着相机,其目光既不躲闪,也不迟疑。这些罕见的充满尊严的人物照片,像琥珀一样留下了被拍摄者的生命痕迹,也把当时的气氛魔法般地保留至今。这种因为魔法而得到保存的气氛让人感动。说实话,这和一个乡村摄影师的工作有什么区别？在偏僻的中国农村，仅仅是二十年前，乡村摄影师仍然被看做是魔法般的人物。

然而，魔法本身却不幸被遗忘了。公主被魔咒困住之后一百年，年轻人彷徨无主地徘徊在花丛外面，苦苦寻找进入王宫的路径。大多数照片在一百年后都和公主的命运类似，真实的情形如同魔咒一样，已经失落。那些在行进中被静止下来的神情、动作和目光中包含的隐秘的信息不再可解。照片上的细节开始具备人类学的研究价值，静止的美感则让人凝神屏息。和这两者相对应的是，我们在刺丛外一筹莫展，不知道通往王宫和真相的道路隐藏在哪一根枝条下面。

1913 年为德国农民拍摄的肖像中，虚化的背景如同波提切利（Sandro Botticelli）的风神，将桑德的维纳斯（三个戴礼帽的男人）从纸上凸显出来。这张照片流露出摄影的庄严之美，是摄影技术在童年时代带给我们的视觉震撼。这个（摄影技术）很快逝去并且被遗忘的童年时代，照片带来了前所未有的视觉规则，为自己树立了美学标准。庄严（带着巨大沉重的相机的心情，如同携带一只史前怪物旅行，让人不由自主地对微不足道的现实流露出藐视之情），和庄严的美感：桑德在上个世纪之初拍摄的照片，正是这一标准的产物和典范；然而，这种美感很快变成了一种历史上曾经存在的风格。

"突然的静止"：在桑德的魔咒作用下，一个农民夹着烟卷的手，停顿在腰间。他们正在行走，然后停下来，看着桑德。在很短的时间内（一瞬间），手杖、腿部的动作和按照相同角度扭转向相机的颈部停止了运动，然而却保持着优美的姿态。桑德用机械和光化学的魔咒将三个年轻农民凝固在一个小世界里。这个世界的玫瑰花枝，即是盖达尔以来的几次发明。但是，将德国农民从时间的牢笼中解放出来的秘诀，似乎消失了。

在桑德的创造物中，农民们的皮鞋（三双大皮鞋，侧边的皮革已经变形）踩着道路上颗粒粗大的泥土。和这一清晰而犀利的细节相对应，他们背后是一片模糊起伏着的土地。土地缓缓蜿蜒，直至远处的地平线。照片细腻地记录了当地富有质感的地理风貌。这一风貌的形成，既与位于焦点处的农人紧密相关，又在亲切地呼应他们的气质。人物（和他们手上的烟卷）与背景的和谐

年轻的庄稼汉

1914 年

奥古斯特·桑德（August Sander）

一致令人感到平静。然而这和谐的平静之美，隐藏着许多秘密。我忍不住想起这三个年轻人的名字和他们的生活，以及二十世纪初德国农民的经济与感情。他们身着正装，是否与某个宗教仪式有关（在通往教堂的路上吗）？他们认识桑德吗？

时间突然静止了——在桑德的小世界中。一百年后，有一个王子骑着马闯入刺丛，他吻了吻公主，解除了女巫的魔咒。时光缝合了一百年前的裂痕后，继续行进。在现实里面，谁是我们的美好时光的解救者呢？不到一百年时间，桑德连同他的德国农民，都已经从世界上消失了，然而照片像童话一样流传至今。在工业社会里，女巫的法门（使时间凝固和重新行进）是一种失传的技艺。至少，缝合时间的技艺永远丢失在了童话当中。

在我的幼年时代，我因为自己的一张照片而脸红，立刻喜欢上了它。然而，让我痴迷的不是陌生和有待确认的自我形象，而是我身后那一片模糊的背景。

我记得摄影师让我站在什么地方，然后拍了这张照片。我努力搜索背景在照片上的模样，这努力最终变成了徒劳。因为视觉的骗局和光学效果，我背后的事物凭空消失了——现实中它们却仍然存在；这种可疑的对比对我来说，过于艰深，让人怅然若失。照片上的我似乎被丢失在一条陌生的街道上，感到周围惊奇的目光。从那时候起，照片上那些模模糊糊的背景，对我来说，总和某种感伤情调联系在一起。

光线经过桑德的镜头，将一个小世界刻画在底版上，其中最引人注目的是被琥珀般保存下来的人物。然而，我的目光仍然不由自主地绕过了人物本身，停留在他们身后虚化的背景当中。正是这虚化的背景，某些依稀可辨的事物的轮廓——本质上是相机镜头的光学效果，让我感受到遥远而熟悉的震撼。我深深沉迷其中，反复观看。在观看（虚化效果，因此是技术化的）晕眩之中，难以自拔。

虚化的背景常常比一张照片的焦点（视觉中心）更能吸引注意力。随着构成目视之物的边缘逐渐模糊，事物在眼睛里渐渐失去视觉边界。作为照片结构的一部分，背景在变得朦胧的同时，强调了自己的存在。

中央公园拿玩具手榴弹的男孩

美国纽约

1962 年

迪安娜·阿勃斯（Diane Arbus）

有一度，我热衷于寻找虚化的背景与焦点的隐秘的关联。或许是受了弗洛伊德和符号学奇特的交叉影响，我曾经相信，焦点与景深的关联不仅存在于画面的造型与光线，而且包含着更加隐晦的心理暗示。虚化的背景与焦点的关联是一种密码，正如虚无包含着一切实有的信息；呈现在眼前的不过是事情本质的若干残缺的线索，需要我们去破译。

桑德拍摄了三个农民的动人肖像，然而，农民背后缓缓起伏的土地形成的柔和曲线更让人神迷。后来被称作"二十世纪的人"的雄心勃勃的拍摄作业（"二十世纪的人"的底片大部分毁在了二十世纪的战争里），为后来的摄影师设立了不可逾越的高度，幸存的桑德肖像作品被认为兼具人类学和现代艺术的双重价值。然而，未来的读者不会记得历史叙事（那双多毛的大手）对桑德的慷慨定位，他们的目光无一例外，要绕过那些动人的肖像的双眼，去探索光化学未能清晰记录和展示的领域。

在肖像背后显现出来的模糊不清的领域之中，有一类读者看到被掩埋的历史及其精神气氛，另一类人则念念不忘画面构成的心理暗示。

身处在焦点之外的精神气氛和心理暗示之中，桑德的德国农民在（童年时代的）影像技术的范围内表现出来的一切，从神态到肢体的每一个动作，都包含着他们与世界的关联。桑德的相机镜头对人物的强调并未使他们模糊不清的背景退居其次。这背景如同草莓的味道（"草莓消失了，草莓的味道还在空气当中"），余音犹在，提示着业已消失的世界。

与桑德同时代的摄影师创造了复杂而庄严的风光影像，现代的绝大多数过度清晰的风光照片却内容空洞，既浅白又无聊。正是这种无聊的风光摄影剥夺了在照片上进行心理分析的乐趣。后世不断发明出来的长焦镜头，其最大的作用正如戏言所说，是用来打鸟（首先是剥夺一只鸟与环境的关联），而非表现生物与自然的关联。观者面对这样的照片（除了焦点）一无所获。丧失了景深，照片丧失了一大部分乐趣；相反，如果景深处理得当，照片带来的想象空间与快乐，都会成倍增长。

桑德之后的摄影，其美学标准不再是对我们视觉所见的直观呈现，而是对所见之物的选择（换个说法即是"排斥"）。摄影师不再白费力气，去寻找和人物的心灵和气质契合的环境；这样的环境后来不复存在。先是在工业化了的城市，一百年后，全世界的人类都生活在异己的环境之中。异己环境中的人，我认为这是罗伯特·弗兰克（Robert Frank）的照片最重要的主题，迪安娜·阿勃斯（Diane Arbus）更进一步，将镜头对准了和我们（"二十世纪的人"）格格不入的同类。

因为这个原因，桑德的照片在今天唤起了一股遥远的怅然之情：二十世纪之初，他开始雄心勃勃的摄影计划的时候，人和世界的关系还不是那么对立——还不像罗伯特·弗兰克（Robert Frank）和迪安娜·阿勃斯（Diane Arbus）的时代那样，遑论二十一世纪。

桑德在德国乡村拍摄的大量照片，为自然与人相契合的世界留下了纪录；我得以在其印制精细的作品中寻求背景与焦点的隐秘关联。如同一种游戏，我把印有德国农民、士兵、面包师、公证人和其他各行业人物的印刷品颠过来倒过去反复翻看，观察他们罕见的平静神情、衣着的细节（女秘书身上异国情调的刺绣长裙；一个乞丐身着一件富有极简主义风味的大衣）、他们的工具（犁、陶罐和枪）、身体和卷烟……的确，桑德的照片是人类学学生极佳的学习材料，并且对被称作时代精神的事物有着深刻的领会，然而，这一切都不在我关心的范围之内。我反复检视早期相机光学优异的成像表现，分析简略的背景中包含着的不多的拍照当时的信息，好像要在一张纸上想象世界全部的景象。

这些照片和我幼年时代迷恋的五英寸黑白照片有着惊人的相似。我重温了童年的经验，陷入了观看带来的晕眩之中，难以自拔。

二十世纪八十年代刚开始的时候，我生活在革命之后的农村，生活中罕有接触美术作品的机会；三十年革命的后果之一是学校教育中美的教育统统阙如，黑白照片是唯一能够使目视中的世界获得抽象性和陌生感的事物。

抽象（普遍的经验）和陌生（以虚化的背景出现），是美的渊薮。摄影作为一门艺术，比其他艺术形式更能直白地说明了这一点。

当我看到自己幼年时代的照片，抽象和陌生的幽灵附身在这片五英寸大小的纸上。美的晕眩由此得以产生。

桑德拍摄照片之后又过去了一百年，三个德国农民背后的地平线消失了（真正消失的是三个德国农民和古老的地理互相契合的关联）。是这一事实而非背景本身，让我们感到时间制造的感官失控：晕眩。

只要经过足够长久的时间，即使用最小光圈经过长时间曝光形成的异常清晰的影像，也能够让我们为之晕眩。在一双人类的眼睛面前，上帝造人时给人的限定是显而易见的。对一双因为衰老而昏花的眼睛来说，任何清晰之物终有一天会（像过度放大那样）变得模糊。即使是面对最清晰的照片，视觉也不能复原直观呈现的时刻。时间使一切模糊不堪。

凡所见之物，必定会在我们眼中失去边界：这就是隐藏在虚化的背景中关于焦点（清晰之物）的秘密。衰老让我们终于破译答案之所在。

当我还是一个孩子的时候，就为虚化的背景感到迷惑。这并非镜头的光学效果引起的惊奇，而是那模模糊糊的景象背后蕴藏着的时间的真相让人晕眩。所见并非所得，这感受如同俯身向井，目睹自己的形象浮现在水面上，而白云从井底飘过：模糊的真相一刹那的显现让人惊惧，仿佛灵魂已经出窍。

三个农人的肖像是我最喜爱的照片之一。三个男人之间的距离，他们戴帽子的方式，生涩的神情和手的姿态吸引着我；他们几乎是庄严地扶着手杖，倾斜的角度富有韵律，画面节奏流畅地向右行进，几乎有点俏皮。一切都完美无缺。服装和地势使得人物将自然好好地隐藏在背后，如同 Sharbat Gula 的眼睛隐藏着时间与灵魂的秘密。

直到经历了亲密的朋友的死亡，我才知道，照片是经验的线索，在记忆的河流上，这些抖动的浮标提醒我们，可以从某一处上岸。因为有照片，记忆之河的两岸稍微坚实一些，可以驻足，并且远眺昨日的遗迹。

人是经验的集合，而经验就是这些来自往昔的遗迹。经验是身体获得惯性的来由，是精神性的活动。我们不断强化身体记忆的某些细节，努力将其变成牢不可破的事物。它既是情感，又是条件反射。它们胶结在一起，被称作经验。

记忆的先天缺憾是不可靠，因此，人类发明了艺术。

照片没有像人们想象的那样，拓展经验的边界。拍摄和被拍摄都不构成新的经验。我们经历的世界如同森林，个人经验只是密林中隐约可见的小径。借着光化学反应的微明，我们探寻往日，犹如寻找迷失在树林中的小孩；照片带领我们穿过熟悉的林间小路，如同路标。我们边找边感到一阵阵情感的激流，失落、悲伤、绝望、欢乐与平静。

在艺术的历史上，唯独拍摄实现了普及——而且普及的历史至今都没有结束。它没有拓展经验的边界，却使经验变得可及。这是摄影术的意义所在。照片和胶卷都很容易消失，人并不比他强大多少，而是一样容易化成灰烬。在多数情形下，照片比人的肉体更持久。我们灰飞烟灭了，笑容还栩栩如生。记忆的河流蒸发已尽，小径上荆棘密布，照片还可以进入普遍经验的领域——真是没有什么比肉体更易朽和速朽的东西了。

像琥珀一样，照片将美学形式赋予濒死的生命痕迹。这些时间的碎片，散落在抽屉里的家庭相册、墙上和桌子上的相框中（如同琥珀爱好者的收藏）。

被工业社会制造出来的一万种消费欲望（包括拍照在内），都和肥皂泡相去不远。在短暂的存在里，它们富有幻化无穷的美丽色彩，水滴型构造轻而飘逸。

潮流的风向是难以把握的。当它们从我们头顶飘过时，带着不顾一切的神态。我们追逐成千上万种涌来的潮流，如同四月的草坪上追随泡沫的儿童，吹管以惊人的速度释放出这些美丽的尤物，它们幻化的颜色越美丽，两手空空的结局就越难堪。

和每一个泡沫速朽的存在相比，泡沫这一事件本身却异常坚固；现代生活越来越潮流化，泡沫日益内化成为社会构造的大殿的重要支柱。在马斯洛的眼里，这个世界有其唯一和最重要的结构，他将其称作"需求－满足"模式；新马克思主义者重新构造了马斯洛那唯一支柱构成的大殿。在他们看来，现代生活的最大发明不是对我们现有的胃口的填充，而是制造新的需求：因此，物质产出达到了前所未有的丰富，我们却越来越处于匮乏的焦虑之中。

照相机发明出来之后，人们渴望将匮乏和焦虑的生命转换成平静而满足的照片，保存下来。美化焦虑的焦虑即拍照是一种全新的焦虑。

保存遗传特征，延续种族被说成是人类最大的本能。事到如今或许并非如此，至少可以说，并非仅仅如此。回忆往事有如竭力完成一副时光的拼图，拼出一副完整的人生图像，才能抚慰失落的心灵。保存失去的时间的碎片，延续完整的人生想象：这种拼图游戏才是今时今世人类的首要需求。

陈旧的照片有特殊的美感，然而当它们刚刚印出来时，事情不是这样。并非因为我们对美的观感前后不一（多年后，从前被我们认为是丑陋的事物开始散发出美好事物特有的气息），而是因为时间是构成"美"的元素中最重要的一种（我们的眼睛变得模糊不堪，年轻时代用来区别美丑的教条也日渐失去界限）。

一张照片是从失去了的好时光中保留下来的琥珀，是生命的遗迹，透过它保留下来的过往痕迹，我们可以蹒跚地回想某个完整的空间形态。多年以后，我们从这些光化学反应造就的琥珀中，可以体味到一阵阵幸福（过去如此美好）和感伤（过去不再存在）的晕眩。

在我看来，观看照片产生的晕眩，是焦虑的产物：我们因为急于保存和美化生命痕迹而焦虑。

工业社会的马斯洛大殿里面，渴望拍照的焦虑与一个需要借助琥珀实施巫术的祭司类似。琥珀并不是终极的目的所在，而仅仅在更大的结构之中发挥其功能性，然而，正如祭祀活动产生了自己的象征体系，并且演化出戏剧和诗歌一样，拍照焦虑产生了自己的美学形式。

第九章　导演的照片

在上海，我看过一次郎静山的摄影作品展。那次展览的观众很少，但要是早十几年的话，大概不会是这种景象。二十世纪九十年代，有那么几年，报刊争传郎静山是有国际影响力的中国摄影家。高寿的郎静山很安慰了中国摄影界面对国外同行时失落的心情。

那次展览的展馆里放了一部纪录片。其中说到，抗战爆发后，郎静山从上海一路西迁，作为一个摄影记者，他没有用相机记录波澜迭起的时代，他沉浸在暗房中，做出种种努力，希望用光学和化学反应，重现中国山水画作的诗意与美。

当时就有一个摄影记者和我在一起。听到这里，他皱起了眉头。看完纪录片和所有展出的照片后，他坚持认为，郎先生一百零五岁高寿和其作品的趣味直接相关。

这或者是一个崇尚纪实的后辈对他的前辈同行克制而仍不免负气的评价。1912 年，郎静山在上海《申报》社开始他漫长的摄影人生时，相机对绝大多数中国人来说，是不可思议的物件。这个复杂机械原理堂奥，效果令人瞠目。和一切西洋事物一样，相机首先不是使用方法，而是道德价值，与中国的传统背离。而和所有敢于尝试的中国人一样，郎静山下意识要把令人着迷的器物纳入到中国价值中来。这个下意识的本土化冲动，与中体西用的民初精神氛围一致。

相机与洋务运动以来陆续输入的西方器物不同，它没有特定用途，只是一种表达的可能性。接触相机既早，使用时间又长——郎静山用它表达了什么？

郎静山发明了"集锦摄影"，说到底，是一种暗房技巧。他以多张底片构图，再用油质渲染法处理完成照片。作品风格仿国画，多是中国山水画的布局和意境，也有不多的人体摄影作品。

郎静山的选择，不能获得已经全盘西化的后辈同行的认可。他在西南暗房中努力集锦风景时，美国人罗伯特·卡帕正在中国拍摄台儿庄战役。同为摄影记者来说，郎先生未免有失责之嫌。不仅我的朋友对此耿耿于怀，充满溢美之词的台湾纪录片作者，也不得不对此略表遗憾。

在抗战中无所作为，绝大多数国人都是如此。为什么偏偏成了郎静山的污点？仅仅因为郎静山是个"相机不离手"的摄影师吗？摄影师和这场战争，有什么特别的关联？

今天要理解郎静山是一件费力的事情。

摄影术之所以发明，是为了满足十九世纪中产阶级对肖像画的需求。肖像画属于贵族阶层的奢侈品消费，为了满足资产阶级日益上升的消费能力，肖像绘画技术速度要提高，成本要降低，催生了摄影系统。摄影脱胎于绘画，或者说人像生意：摄影术诞生的前六十年，摄影是肖像画家的兼业，从属于绘画。甚至到郎静山初涉相机的1912年，摄影尚在三流画家的阴影下徘徊，没有独立的艺术地位。这六十多年中，摄影术作为画家的工具，它在西方的价值与郎静山的本土化冲动如出一辙，没有冲突可言。

在此之后，摄影的西方价值为什么不能与郎静山兼存？郎静山的冷落源自所谓画意摄影乏人问津。拜机械工艺和化学工艺的进步所赐，摄影似乎借"真实"和"瞬间"摆脱了绘画的阴魂，在街头和战场的一瞬间里，窥见了事态本质突然闪现的偶然时刻，由此建立了自己的独立性。这是摄影的当代价值。报道摄影的政治观念和美学标准兴起后，以摄影工艺营造绘画气氛，变得冷落乃至背时。

郎静山受到后辈同行未免苛刻的评价，其实是因为他与报道摄影之间的冲突。第二次世界大战完成了报道摄影意识形态的构建，1947年成立的玛格南图片社，拍摄了众多的战争、暴力、冲突和人类社会的紧张气氛。他们宣称为历史工作。这些照片带来的感观刺激，修正了人们的世界观，进而参与了促成世界改变的政治进程。报道摄影的政治观念和图片美学在战争中大行其道，"相机不离手"而没有参与记录战争，才似乎成了郎静山的污点。

二十世纪八十年代，郎静山曾被某个机构评为世界十大摄影师。因为历史发展的时差，这个故事二十世纪九十年代才传到大陆，曾经满足了中国摄影圈的民族感情。但只是弹指一挥间，郎静山就不再能满足摄影师的民族认同。2005年，山西平遥摄影博物馆为两尊摄影家塑像揭幕，一尊是郎静山，另一尊是罗伯特·卡帕。他们正好处于摄影思路两个极端上，却同时在中国变成偶像。蹩脚的正剧变成一出似乎意在解构的后现代行为艺术，让人尴尬不已。

有人评价他说，"郎静山将集锦摄影变成了一种繁复的劳作……成为他用艺术慰藉心灵的生存过程。"[1] 这话大概可以释放不少愤懑的心情。郎静山"繁复的劳作"是一个"慰藉心灵的生存过程"。这个中国式消耗性的"生存过程"，在报道摄影的意识形态和美学标准——改变世界——之外。

终其长寿的一生，郎静山的美学标准、政策观念和道德情怀，都"不在这"。

今天通行世界的中国摄影，前面大多冠以"观念"二字。一位朋友告诉我，在国际收藏市场上，郎静山作品行情看涨。追溯起来，郎静山似乎是中国当代"观念摄影"的渊薮。

说到观念摄影，我想起上海的摄影师马良。他和神话中擅长绘画的男孩子同名，可惜没有那支点石成金的神笔。他的确也是学画出身。十一年学院派的绘画训练后，这个年轻人选择了去拍广告短片。做了十年籍籍无名的短片导演，一个看似偶然的机会出现了，他变成了一个摄影师。

---

[1] 顾振清：《宁静致远的郎静山》，"在这——郎静山摄影展"展览目录，朱屺瞻艺术馆，2006年。

松荫高士

1963 年

郎静山

Parco 11

1987 年

贝尔纳·弗孔(Bernard Faucon)

这本来几乎是一个中国艺术青年苦闷经历的缩影：不安于现状，到处寻找灵感和运气，在各种可能性中跳来跳去；不停的尝试是希望其中一种可能性能够带来现实的成功。

摄影让马良受到的关注——来自市场、专业圈子和网络上的爱好者——前所未有。陶醉之余，坚定了他继续作为一个摄影师的想法。

2006年，马良出版过一本叫做《上海寓言》的画册。这倒是一件难得的事情。中国摄影出版市场一直极其低迷——甚至连低迷都谈不上，因为从来没有过高涨的时刻。和摄影有关的出版物，只有少数谈论相机和镜头的书籍，才能获得口碑和销量。马良说，因为成本的关系，他这本定价三十八元的画册开本很小，印数只有三千二百本。能够卖出多少，几乎没有人可以预料。

《上海寓言》收录了马良七个摄影项目，其中一个叫"我的马戏团"，拍摄于2005年。在上海的弄堂里，他放置了一些仿制的马戏团道具，请人扮演成马戏团演员：一个小丑孤独地带着一只牵线的木偶；飞刀演员将飞刀丢进了同伴的胸口；布老虎蹲在黄气球上，似乎将有一跃；一个女演员在弄堂中喷火，红色的蝴蝶翩然而去。

照片中的场景意旨含混复杂。让人想起法国摄影师弗孔（Bernard Faucon）早期的作品。弗孔早期在摄影上的努力，多数是在照片中重现他儿童时期的梦境。值得注意的是，马良的工作方式和弗孔也很雷同：拍摄之前写好脚本，画好草图，在根据草图布置道具，演员在导演的指示下进入取景器。

与其说这是摄影，不如说，马良换了一种方式，在延续短片导演的角色。如果说这种工作方式中仍残存有传统摄影的某种属性，那就是：取景器前仍然是马良的眼睛，他的手指按下了一台相机的快门。

还是2006年，他对我谈起"艺术和时代的关系"：

有的人没有搞清楚这个时代的背景。为什么张艺谋和陈凯歌的电影会引起电影院里的哈哈大笑？我做过导演，我知道，张艺谋让章子怡在《十面埋伏》里死三次不是开玩笑。他是很严肃的，他甚至是想让观众哭起来；可是他没有成功。陈凯歌更不是开玩笑的，他怎么会拿三个亿开玩笑，但是电影院里笑声不断,大家好像在看一出喜剧。

张艺谋和陈凯歌没有搞清楚这个时代的背景。所以即使今天他们拍那些真正严肃的题材,《幸福时光》、《和你在一起》,也是不成立的。他们已经落伍了。

马良兴致勃勃地总结道,从"超女"到"馒头血案",这才是时代的风向标;互联网上那些小孩拍的照片和艺术收藏市场,这才是时代的风向标。

观念走在经验之前:今天我想起他这番话,不得不承认,马良敏锐地发现了时代变迁的脉络,并且试图抓住机会,跻身其中。

布列松说,"我对导演的照片不感兴趣"。他将拍摄当作直觉和身体反应的练习。布列松的直觉中包含着审美与历史两条线索。这两条线索远离导演的照片。当然,在诉诸历史和审美的摄影观念与导演的摄影观念之间,并不是没有过渡物的。阿列克·索斯(Alec Soth)就表现出一种折中的风格。

我曾为他的画册 *Niagara* 写过一篇书评:

> 世界上总有一些地方,比其他地方更吸引人。在美加边境的尼亚加拉(Niagara)大瀑布,情侣和新婚夫妇多得让阿列克·索斯瞠目结舌。他不禁觉得,尼亚加拉是爱和激情的象征。不然,"为什么人们要到尼亚加拉去度蜜月?为什么它会和性、激情和新欢缠绕不休?"
>
> 在尼亚加拉,阿列克·索斯碰到一个叫大卫的人。大卫是个有故事的人。大卫收集了很多书信,是他的女友写给他的。阿列克·索斯说服大卫,让自己拍摄他收藏的信件。这个工作后来变得无休无止。你想得到的,每一个出现在尼亚加拉的人,身上总会有一些信件。还有一些书信,被人遗弃在尼亚加拉的旅馆里、酒吧中、大街上、水池里和垃圾桶内,每一封信都是一个没头没尾的爱情故事。不同的笔迹在不同的信纸上写就的言语,倾诉了一见钟情、柔情蜜意和移情别恋,记录了爱和性的狂喜、困惑、悲伤和幻灭,充满了甜言蜜语和咒骂。让人看了失笑,有时候让人脸红。
>
> 大卫的收藏是一座爱情的图书馆,换个角度,像是一座爱情的坟墓。

阿列克·索斯觉得，这些信件是尼亚加拉的象征。书信为证，尼亚加拉，这个爱开始的地方，竟然也是爱消失的地方。

很难不去看看阿列克·索斯拍摄的信件上写了些什么。To the love of my life: I just want to tell you that you take my breath away. You're amazingly perfect...一封信的开头，爱情正在开始。Dear David: Hi well what can I say? Things were getting worse and worse...另一封信的开头，问题已经发生，可是不知道如何才能解决。在另一边，For a special lady: I would like to tell you about a special lady I know, 别人的甜蜜还在继续；可是，This is a very hard letter for me to write, I love you so much. But, darling, I don't want you to get hurt...爱情的历史和政治的历史一样，让人大开眼界，让人形成阴谋论的世界观。语言在呼喊，那些甜蜜的称呼，dear、darling、love、perfect还有special，在爱情开始和结束的时候，都被挂在嘴边。Dear Angela: when we first met, I will never forget you walked up the road and talked to me...一见钟情的人，和失去激情的人: David: I can't go on like this, you said you love me but then said "I don't give a flying fuck" about my problem...

有一张照片，一张揉皱的报纸沉没在水中，标题还清晰可见："Sometimes love just is..."。

有时候，爱情是什么呢？

承诺、宣誓、争吵和诅咒吗？言语通过情人呼喊自己的存在。每一封信件都在回忆：第一次见面、第一次送花、第一次性的经历。回溯爱情的河流，就是回溯一条言语的河流：他们在绝望中希望重新发现那喷涌或者干涸的语言的源头，确认爱情的确存在。

阿列克·索斯在尼亚加拉拍摄的照片结集成书（书名就叫作 *Niagara*），向读者提出了一个问题：阅读照片和阅读文字有什么区别？看着自戕者的手稿上凌乱的笔迹，有人怀疑摄影的角色并不光彩：阿列克·索斯是否正像一个对工作并无诚意和信任的狗仔，在生活垃圾中寻找花边新闻？他抓住了笔迹泄露出来的情感，然而，在一张照片上完成阅读，岂非在言语中体验爱情？

爱情消失了，如同没有发生过一样；滔滔话语都不知去向。照片则记录了它们的遗迹。除了靠不住的身体，爱情的余渣散落在钢铁和木头建筑的屋子里，散落在塑料和树木构筑的景观里，散落在酒精和毛巾里，散落在无处不在的物质里。Niagara，这个度假的胜地和那些被遗弃的书信一样，本身成了爱情的遗迹。爱不存在了，或许只有不说话的遗迹能证明，它们曾经发生过。

大卫自己的女友在尼亚加拉自杀了。没有遗址掩藏在丛林之中，没有言语在世上传说，一个大帝国消失了，我们也不会知道它的存在。这是阿列克·索斯拍摄尼亚加拉的恋人或者仇人们的书信的原因。

阿列克·索斯本想把尼亚加拉的照片献给妻子，想想终究不合适。尼亚加拉的拍摄工作让阿列克·索斯疲惫不堪，心情晦暗而失落。他不再认为尼亚加拉是爱和激情的象征。他说，"在尼亚加拉，让人坠入爱河的激情渐变渐冷，它们分道扬镳，黯然凋落。"

布列松拍摄过世界各地的河流，特别是在塞纳河边拍过许多照片。让我们将阿列克·索斯的作品 *Niagara* 和 *Sleeping by Mississippi* 与布列松的作品放在一起观看。布列松那些风格强烈的三十五毫米黑白胶片作品，散发出批判、厌倦和依赖混合的气息，弥漫在群居的人类周围。阿列克·索斯的照片却没有一张和人群有关。他扛着古老的座机，缓慢地拍照。他拍摄的密西西比是一条孤独的河流；尼亚加拉是一条孤独的瀑布。

仅仅从流行的程度而言，宋朝和乔纳斯·本迪克森（Jonas Bendiksen）这样的摄影师，是在按一种看似早已过时的方式工作。

生于1979年的中国摄影师宋朝，曾是山东某个煤矿的矿工。他直觉过人，有天赋，勤奋，最重要的是，愿意深刻地理解和同情他身处的世界。

第一个带薪假期,塞纳河畔

法国

1936 年

亨利·卡蒂尔—布列松(Henri Cartier-Bresson)

查尔斯

美国明尼苏达州

2002 年

阿列克·索斯（Alec Soth）

真正的同情和真正的理解，像真正的天赋和历史感一样稀缺。2002年，他第一次发表作品。一组矿工肖像确立了他作为极具个人风格的摄影师的地位。这组照片的拍摄过程，据宋朝对我说，是这样的：按照一个矿工的作息表，每天凌晨四点，宋朝坐着罐笼车深入地下五百米；他和工友吭哧吭哧地挖着坑道，到中午十二点钟才能结束。他一离开矿井，立即开始拍摄和他一起下班的工人，因此，照片都拍摄于正午时分。

他又继续在煤矿服务，直到2004年来到北京。

经验是多数艺术家创作的起点，却很少产生最重要的作品。宋朝引起轰动的处女作《矿工》其实称不上完美。他在构图上花费了许多心思，为了与众不同，以致于用力过猛，过于夸张。他太渴望脱颖而出，却暴露出自己仍然是火气十足的年轻人——经验不足，有待时间的淘洗和净化。

但通过这组作品，他实现了自己的愿望，脱颖而出——《矿工》毕竟有无法从时间和经验中获得的特质。那是一种罕见的诚恳。宋朝的工友们在照片上无不目光坦然，巨大的瞳仁中能看见摄影师和一台巨大的相机（他和阿列克·索斯一样，选择了座机）。他们带着煤尘站在这台相机面前，脸色像水一样平静：没有局促，没有掩饰，也没有怀疑。

很少有肖像能够如此诚恳，同时饱含力量。伟大的奥古斯都·桑德拍摄了几百个各行各业的德国人，他不仅想用相机记录人们的体貌体征，也竭力想去表现人们的心理特征。但很多人在相机面前表情拘谨，举止僵硬，多少影响了他对人类精神世界的探索。

宋朝的秘密在于在熟人社会里工作。一边远离煤矿，实现他冒险的梦想，一边怀着近似感伤的气息，宋朝后来拍摄了另外两组照片：《矿工家庭》和《矿民》。它们的反响都不大。尽管如此，他手头的工作计划，很大一部分仍然和煤矿，和煤矿里的熟人社会有关——从矿工，到矿工家庭，到矿民，他的视野一点点扩大，基调却根基于亿万年间缓慢来形成的黑色煤炭和越来越快的挖掘速度之间的矛盾。

矿工

中国山东

2002 年

宋朝

卫星发射工作为苏联的遗产继续存在。推进火箭的碎片周围，无数白色蝴蝶翩翩飞舞。

俄罗斯阿尔泰地区

2000 年

乔纳斯·本迪克森（Jonas Bendiksen）

宋朝的作品缺乏流行的疏离人群的气质。今时今日，探讨艺术与出身、艺术与故乡乃至与时代的关联，如果不用一种流行的彻底反讽的口气，就是一件冒险的事情——要冒着被人嘲笑是"土鳖"的危险。他试图摒弃学术术语，诉诸直觉与体验，这一点将宋朝和同龄的艺术家们，清晰地区分开来。

在一个照片又多又快的时代，河边的阿列克·索斯是一个孤独的人。宋朝也不例外。在他们的同龄人看来，他们的工作方式已经过时了。时髦的艺术青年们越来越像玻璃人儿，既脆弱，又冷漠。怎么才能体验生活的切肤之痛，成了当今最大的艺术难题。

2006年，挪威人乔纳斯·本迪克森出版了摄影画册《卫星》（*Satellite*），其中第二张照片，为画册带来了超现实主义的开头。这张冷色调的照片上，列宁雕像和苏维埃大楼被仰角处理得好像失去了基础，倾斜在空中，密密麻麻的乌鸦雨点般骤然飞向四面八方——坚硬的帝国遗址，好像正崩溃成成千上万的碎片，随即被强风吹散：

"一群乌鸦在最高苏维埃大楼前的列宁像上空盘旋。前苏联地区有些还在怀念共产主义的地方，不管从那方面来说，德涅斯特河沿共和国（Transdniester）是其中一个。"

德涅斯特河沿共和国是从摩尔多瓦分离出去的地区，而摩尔多瓦又是从苏联分离出去的国家。被权力、意识形态、经济和武装胶结成为一体的大帝国崩溃之后，分裂冲动是一种无限自我复制的病毒，通过分裂，帝国的碎片实现了自我身份的确认。先是加盟共和国脱离联盟，然后，自治地区要求独立，被压制的民族要求自治，被镇压的民族要恢复民族记忆……

苏联分崩瓦解之后，时间仿佛也发生了断裂。以前像卫星一样围绕着俄罗斯的小国要求独立，像卫星一样围绕着俄罗斯民族的其他民族，一夜之间要求离开那个有强大吸力的中心。到这个时候，世界才认识到，社会主义意识形态和经济生活曾经维系的疆域、民族和文化，何其广袤复杂；它们的共同历史，却过于短暂了。

围绕苏联解体的拍摄，至今持续了十五年，发表了不计其数的照片。但很少有照片能把前苏联的广袤和复杂呈现出来。少数广为流传的照片，被誉为决定性瞬间——那正是时间发生断裂的时刻。十五年后，帝国的废墟上草长莺飞，当工作需要深入人心，要求助于思辨，梳理历史的因果和逻辑，并将打断的历史时间，重新接续起来的时候，新闻和纪实摄影的高潮，结束了。

摄影记者离开苏联地区，乔纳斯·本迪克森这样的艺术家，得以开始他们的工作。在超现实主义的开头之后，《卫星》中的照片记录了社会主义帝国遗址上的日常生活：公交车、小酒馆、天气、宗教、色情表演、上班的人群、工业基地、战争废墟、祈祷者和吸毒的年轻人。日常生活超越帝国的生死长存；而帝国的阴影，则深藏在长存的日常生活之中。有讽刺意味的是，欧亚大陆的帝国遗址上无数碎片，在与帝国分离十多年后，却患上了共产主义的怀乡病。这还不是某些碎片上高发的地方病，而是帝国遗迹上的流行病。从黑海到阿尔泰山，从那些不被国际社会承认的小国，到摩尔多瓦、格鲁吉亚、哈萨克斯坦、乌兹别克斯坦到吉尔吉斯斯坦，从中欧到中亚，这些前苏联帝国的碎片，就生活在帝国的阴影和共产主义怀乡病之中。

乔纳斯·本迪克森的镜头前面，曾经存在的帝国是一面镜子，其阴影留存在每一块碎片之中；而无数块超现实主义的帝国碎片，在反对历史的决定性瞬间。帝国的兴衰为世界史提供了断代坐标——基于这个信念，摄影师相信，历史的决定性瞬间曾在苏联。乔纳斯·本迪克森收拢碎片后发现，这个瞬间组成的历史里，时间的绵延特质丧失殆尽。

他用苏联太空计划的电视片截图分割自己在不同地方进行的工作。分插全书的电视截图记录了一次火箭发射的全过程。这个电视片记录的卫星发射工业是苏联崩溃的诱因之一。当苏联崩溃之后，太空计划作为苏联的遗产，仍然存活了下来。在全书最后一部分，一片被火箭燃料污染的土地上，新的火箭发射在进行。破损的火箭燃料箱掉落在俄罗斯的土地上，无数超现实主义的白色蝴蝶在空中飞行。和列宁雕像周围飞行的乌鸦一样，它们姿态轻盈，无视人间的疾苦。

第十章　过时的当代

说起过时的工作方式，卢广代表了尤金·史密斯那几乎中断的传统。

我还记得 2009 年 11 月初的一天早上，冷空气南下，黄海边日夜刮风，芦苇和盐蒿纷纷向海水方向倒去。卢广脱掉鞋子，趟过齐腰深的芦草棵子，追着退潮的水线，往海里走了将近二十米。他什么都没有发现。往回走的时候，滩涂上的淤泥越陷越深，终于没过他的膝盖，把卷到大腿上的裤子弄脏了。

这天最低气温不到十度。那一年卢广四十九岁。他坐在港口边的渔船上，渔民打了水让他冲洗一下腿上的污泥。水是储存在船头的水箱里的，冰冰凉，他微微打哆嗦。但是三个小时之后，他又一次趟过同一片滩涂上稀软的污泥，沿着上午的足迹，蹒跚着朝记忆中的方向走了几十米。那时候海水的水位退到了最低，烂泥之中露出直径一米的金属管道的管口，不停地往海里排出蓝色的污水。

在一人多高的芦苇丛中，我远远地看见卢广弯下身体，开始拍照。

几年来，卢广就这样到过中国许多地方，拍摄到大量工业污染的画面。每一张画面都触目惊心。从遍布全国的村庄和城镇里，伸出无数管道，通过这些管道，没有经过处理的工业废水被排放到任何可能的水面：排水沟、池塘、河流和大海。工业废水因为其成分不同，涌出白色、黄色、灰色、黑色、红色甚至蓝色的泡沫，烟囱里冒出的滚滚烟尘也一样色彩缤纷。如果不是刺鼻的气味提醒着其中的毒害，人们也许会为它们的色彩所倾倒——但实际上，这只是个色彩艳丽的噩梦。生活用水和土地被污染，烟尘降落，在污染区工作和生活的人们头上同样染上了各种颜色的灰尘，他们开始生病：尘肺、癌症和畸形儿最常见。疾病摧残了人们的身体，让他们丧失劳动能力，他们的家庭不可避免地陷入贫困和绝望。并非没有过抗争——从上访、邀请媒体曝光、诉诸司法乃至暴力，都时有发生，但总的来说毫无用处。少数几次抗争的结果，即便不是每一次都结局悲惨，至少大多数时候是让人绝望的。本地居民就这样失去了继续抗争的勇气和希望。年轻人开始离开被污染的故乡，留下老人和孩子继续生活在呛鼻的气味、烟尘、废水和恐惧之中。

如果要为这些风格直白的照片赋予一个主题，这个主题可以相当鲜明地概括为"增长的代价"。

它们讲述了一个完整的故事。故事的情节从工厂的兴建开始，接下来是污染和GDP同时增长，最后的结局是空气、土地和水都不再适合人类生活。这个故事的完整性还在于，同样的情节几乎在中国任何一个地方上演。卢广最新发表的一组照片中，出现了将近十个省份，从内蒙古、青海到陕西、山西、河南，再到山东、江苏、安徽，一直到云南。每个地方都在重复同样的故事。

但故事的悲惨结局没有给后来人敲响警钟。江苏滨海县头罾村被化工园区所包围，这里弥漫着酸臭的气味，到了晚上，随着工厂排放废水，气味更加严重，村民只能关上所有门窗。

即使从来没有看过卢广在"癌症村"里拍摄的照片，人们也知道事情的严重性。2009年5月5日，四个村民悄悄从头罾出发，潜入一河之隔的响水县，从那里乘上了去北京的长途汽车，准备向国家环保总局反映头罾的污染情况。第二天一早，他们到达了北京，但是没能按计划到达国家环保总局信访办。滨海县派去截访的人员连夜飞往北京，早早就等在长途车站，直接把他们带走了。一天后，他们被送回滨海县，接着在县看守所里被关了四十八小时到一星期不等，理由是违反政策，越级上访。离开看守所之前，他们都按照要求写了保证书，保证不再上访。

这不是头罾村民第一次上访，当然也不是第一次被截访。每一次上访和被截,都加深了村民的挫败感和恐惧心理。

这个大约有三千人的村庄原有五千亩土地,从2002年开始陆续被园区所征用。化工厂陆续进驻,目前已经达到一百多家,工厂一家连着一家,从村旁绵延到海边,铺开数公里远,其中还有许多平地刚刚做好围墙,等待新的工厂进驻。整个化工园区的远期目标是扩张到五十平方公里。一副巨大的广告牌矗立在路边,上面画着整个园区的蓝图——在江苏沿海的每个县里,都能看到一张或者更多这样的蓝图——化工厂将铺满十二公里内河岸线和四公里长的海岸线,直到与滨海港连成一片。到那时,头罾村或许已经不再存在。一种流行的说法是整个头罾村将搬迁到别的地方。但至少在很长一段时间,头罾将继续深陷在化工厂的包围当中。

即使是在早晨七点,驱车在化工园区里转一圈,也能够感受到那些纵横交错的管道和高耸的烟囱背后所追逐的东西。到处可见热电厂输出热水的粗大的管道,管道上不断冒出白色的蒸汽。河边的码头上堆放着小山一样的硫磺,一路之隔就是制造硫酸的工厂,卡车来回穿梭,把硫磺从河边运到工厂。这条河也是头罾的自来水水源。

江苏的化工园区占地广阔,沿着黄海的海岸线一字排开,从连云港延伸到江苏最南部的海滨城市南通。这些化工厂不仅为当地政府贡献了GDP,也为中国经济成功"保八"作出了贡献,显然——按照实施之中的规划——还要为下一个十年的增长出力。这里看不到经济衰退的阴云,相反,大量的村庄正在拆迁,为急速扩张中的工厂腾出土地。

但通过卢广的照片,这一切可以从另一个角度来加以评估。在连云港的堆沟工业园区一个正在拆迁的村庄里,医务室的村医证实了当地的传言,在征兵体检中,当地的年轻人普遍存在肝肿大症状。同样的故事曾经在淮河上游支流洪河发生过。卢广在洪河拍的照片是一种不祥的预见:如果污染治理得不到改善,今天洪河边的"癌症村",可能就是十年后沿海化工产业园区内居民的命运。

当卢广沿着中国的海岸线南下的时候,他毫不费力地发现,黄海已经成了中国化工污染的重灾区。

多次往返之后,他对那些海边村镇里的道路比当地的司机还要熟悉。他一边指挥司机左转右转,一边介绍排污管道的位置、口径和伪装,污水处理厂在什么方位,是否正常运作,河里的水闸几点钟开闸排污,哪些工厂发生过爆炸——如同一位精通本职业务的环保局局长。

三天里他跑了五个县市,不下十条河流和港口,以及分布其中的化工园区。多数地方的情形大同小异。从刺激的气味、糟糕的河水、通往海洋的排污管道和当地居民的控诉来看,化工厂的污染不仅危及水体、空气和土地,也危及人的健康和日常生活。

江苏有九百五十四公里的海岸线,无数大小河流从内地流往黄海,三个滨海的地区:连云港、盐城和南通下辖的临海十四个县,无不以化工业作为发展经济的优先选项。

新近的数据显示,截至2008年,连云港市有规模以上化工企业二百〇二家,销售收入一百五十一亿元。当地政府希望到2012年,这两个数字能够分别提高到五百家和五百亿元。要达到这个目标,化工产业必须保持百分之三十三左右的年增长率。而位于江苏南端的南通现有化工产业的规模是连云港的四倍以上。在2012年之前,地方政府希望能够保持年均百分之十三以上的增长率。

2009年,国务院通过了《江苏沿海地区发展规划》。这份国家级的规划文件重申这一地区的发展重点为化工业和港口。

连云港是欧亚大陆桥的东端,有铁路通往中亚和欧洲,南通和上海毗邻,是传统的工业区,在江苏临海的地区中,只有盐城是传统的农业地区,但也在急切地追逐工业,尤其是化工业的增长速度。2009年的2月,一家化工厂违规排放废水导致盐城市的自来水水源被污染,政府不得不停止对二十万人供应自来水。这一事件影响巨大,也引发了当地化工产业的整顿,但并没有动摇地方官员发展化工业的决心。

不管现在的评价如何,江苏南部的工业化正是从高污染的化工业起步的。这一工业化模式是后发地区的榜样。在盐城的自来水污染事件之后,市长接受采访时评价说，人们没有必要闻化工就变色。在那位年轻的市长眼里，化工业投资周期短、见效快，因此，"毫无疑问，苏北经济发展也是从化工起步的"。

苏南的化工厂在太湖流域造成了严重的环境问题，并且因为每年爆发"蓝藻"引起供水危机而世界闻名。尽管投入了数以百亿的治理经费，西太湖的水质仍然没有起色。2007年，在一次严重的供水危机之后，中央政府提出了严厉的指责，在随之而来的整治当中，许多化工厂被关闭或者迁往外地——苏北是一个主要的转移地点。

连云港和盐城地区兴建化工业园区的时间表和苏南治理污染的时间表密不可分。直到现在，承接苏南的产业转移仍然是苏北招商的首要目标。

太湖边的化工厂搬到黄海边之后，有机会扩大规模，因为这里的土地和人力更加便宜，税收更加优惠，当然，排污成本也更低。

由于海洋受到污染，在黄海上从事近海捕捞的渔民开始弃船上岸。从2002年开始，灌河和新沂河一带的渔民在近海的收获越来越少，他们不得不购置了更大的渔船，以便到深海作业，或者离开传统的渔场，南下到其他地方捕鱼；那些无力购置大船的渔民最终放弃了水上生活，其中一些人成了化工厂的工人。他们向卢广倾诉说，尽管当地政府给予一定补贴，但这些钱很难支付从头开始定居生活的开支。

黄海并不是全部。中国的海岸线上，大型化工项目正在一个接一个地拔地而起。投资额巨大的石油化工是各地政府争夺的目标，但即便是超大型的化工项目，也存在环境评估和设计缺陷。原计划落户厦门的年产八十万吨的PX项目得到国家发改委的支持，最后因为环评缺陷遭到当地市民的强烈抵制，不得不迁址另建。此后，大型的化工项目不断引起安全和环境方面的争议。原计划在广州市南沙落地的中国—科威特炼油化工一体化项目也未能通过环境评估，不得不迁址湛江东海岛。

针对环境评估的抗议主要是针对石化项目威胁了城市居民的健康和生命安全。在中国，海洋环境保护还没有引起公众的足够重视。

"我们首先要自己活命，"头罾村的一位村民说，"海洋污染不污染已经顾不上了。"

卢广拍到的许多照片是化工企业违规排放的铁证。这些证据现在束之高阁，既没有被用于行政或者司法程序，也没有成为当地村民抗争的武器，但还是不可避免地给他带来了两种不同的后果。

后果之一是他得到了当地居民的信任。在他的采访日程里有一长串人名和手机号码，形成了一个看不见的当地人际网络。

如果没有这个看不见的网络为他提供消息和其他帮助，他很难工作下去。不断有人给他打电话，告诉他潮水的水位、排污管口是否露出了水面一类的信息。这些信息是至关重要的。为了避免被人发现，他很少待在同一个地方超过二十分钟，因此合适的时机一旦出现，就必须立刻赶过去拍照片，然后快速离开。

这样做是出于一种不得已的原因。他尽量低调，习惯栖身在小旅馆里，在人最多的小饭馆里吃饭，包车的时候也要挑那种不起眼的小面包车。这样做能够省点钱——他没有单位，自己必须承担全部摄影的开销，也能为他的工作提供掩护。他的长相普通，身材矮而粗壮，头发蓬乱，看上去是一个再平常不过的中年人，非常有利于他融入人群。但这一切都不足以骗过那些警惕的眼神。他至少有三次被拦住，接着被送到公安局或者其他什么地方，幸好没有受什么皮肉之苦——他做好了这样的准备，也的确有这样的风险。

提供消息的人面临的风险比卢广更大，他必须保护他们。但完全不暴露是不可能的。11月3日，在滨海县的头罾村，卢广约定的采访还没有开始，就不断有人在房门外转悠，他的采访对象只好起身哀求对方千万不要说出去。三十分钟之后，卢广坐上车准备离开的时候，有人拦住了他的去路，一个衣冠整齐的工作人员模样的人隔着车窗对他说，听说你要了解一些情况，我们可以给你介绍。卢广只能催促司机马上离开。

司机往往会受到警告，尽管他们可以辩称自己压根不知道卢广是谁。离开滨海县后不久，送他离开的司机在电话中说，有人要求他提供卢广的行踪，他只能如实告诉了对方。

帮助卢广的当地人并不相信他能够解决任何问题。化工园区周围居民的要求集中在三个方面：控制污染或者动迁到其他地方，公开村级账务，解决失地农民和上岸渔民的生活保障问题。卢广不能也从来没有给他们任何承诺。事实上，在那些反复抗争、反复挫败的地方，人们觉得现状已经不可能改变。但卢广在那些严重污染的河流旁边拍照的时候，一种模糊的愤怒就会油然而生。这种愤怒让他们不由自主地站到了这个来自外地的摄影师一边。

离开滨海县的第二天，卢广进入一河之隔的响水县燕尾港化工园区继续拍摄。下午三点钟左右，他得到消息，灌河边的滩涂上有一根排污管道正在排污。他下水拍了不到十五分钟，三拨人先后来到岸边观察他，询问他的身份和目的。他取下相机中的存储卡，藏在衣服里，光着脚悄悄地从盐蒿之中离开了海岸。和他同行的人被拦截在岸边。一位乘着别克君越车的中年男人——后来被证实是灌云县环保局副局长，他同时还兼任化工园区污水处理厂的厂长——要求我们交出卢广，被拒绝之后，又开着车一路尾随我们的车辆。即将离开化工园区的时候，副局长的君越车突然冒险绕到我们前面，要求我们停车。

他变换了多种措辞，试图让我们相信，卢广是他失去联系许久的老朋友。他并不在乎这种措辞是否可笑。很显然，卢广是他唯一的目标。

被关注、被跟踪、被拦截、被"请客"——常常有当地政府的人找到北京，要求和卢广见面，请他吃饭，是这些年拍摄污染问题的另一个后果。毫无疑问，在卢广孤独的工作当中，蕴含着一种不可知的风险。

尤金·史密斯在日本拍摄环境污染和抗议运动，是当代世界反对环境污染的政治运动的一部分。尤金·史密斯去世以后，朋友为他成立了纪念基金，每年颁出一项"人道主义摄影奖"，以表彰努力抵抗"传媒界的流行趣味和利益冲动"的摄影师，以"发现并鼓励那些独立的声音"。2009年卢广被授予此奖。

卢广不善于表达，并且刻意地远离政治。但这些并没有减弱他的作品的现实感和批判价值。在十几年时间里，他走遍了中国，拍摄过像血吸虫病、艾滋病、环境污染、吸毒、SARS和战争后遗症这样尖锐的社会问题，中越边境的雷区生活和喜马拉雅山上的猎人生活。并不是每一组作品都能得到认可，在孤独的、体制外的职业经历中，他的工作方式还引起过同行的争议，但这些并没有真正打击他的热情。

这个矮胖的中年男人身上有一种吸引人的气质，那是一种饱经世故的随和，但并不给人圆滑的感觉。这是特别的生活经历留在他身上的烙印。作为一个印染师傅的后代和家里唯一的男孩子，尽管童年时代充满了饥饿和不幸，但卢广幸运地赶上了改革开放的时代。他先是在一家印染厂当工人，业余时间到偏僻的乡村里去帮人照相。二十六岁那年，他的照片在省里得了奖，他当上了当地的政协委员。现在他仍然是永康市政协常委，尽管很少回去开会。老家还有他的广告公司，他曾经是一个成功的商人，如果不是执意把做生意赚来的钱用于目前这样辛苦和危险的工作，他的生活会更安全、舒适和体面。

很少有人能够理解他为什么要这样做。年轻的时候他渴望出人头地，但现在已经学会了对名气保持平常心。如果说还有什么驱使他不停地拍照，只能说是一种强烈的好奇心。他在人们习以为常的地方发现了乐趣。

或许还有一种责任感。中国的变化太快了，在繁荣的背后，不难发现一种忧虑，而卢广将这种忧虑变成了照片。这也许是"成长的代价"，但是需要面对，并且有勇气去解决它们。一个旨在改变世界的奖项授予给他，是很贴切的。

乔纳斯·本迪克森和卢广这样的摄影师以"潜伏"的方式工作，无视气喘吁吁快步前进的时代潮流。少数人认为，理解永远比记录重要，而大多数摄影师认为，快永远比慢重要。他们的分歧由来已久，不可能调和。

他们看似过时的工作方式，与流行趣味的差别在哪里呢？

卢广把他的照片发到我的信箱之前，我很久没有看到这样朴素而有力的照片。这几年的摄影展览（尤其是年轻摄影师的展览）都似曾相识，有相同的逻辑，也落进了同样的窠白。

在当代艺术市场的影响下，年轻人争相模仿成功者的风格，落入了毫无新意

极少数风光摄影师，能够把人类的情感投射在荒凉的自然景观中，安塞尔·亚当斯是他们的先驱和典范。

Chally 峡谷，从山顶望去的全景

美国亚利桑那州

1942 年

安塞尔·亚当斯（Ansel Adams）

萨尔多特有的大场面和悲伤主题,是由汹涌的政治和道德激情支撑的。

难民

马里

1982 年

塞巴斯蒂安·萨尔加多(Sebastiao Salgado)

和毫无创造力的新陷阱。和从前流行过、也被批判过那种漂亮呆板的风光摄影和表情做作的人物摄影相比，这个新陷阱看上更先锋时髦一些，但本质上没有什么分别。它们几乎出自同一种恶劣趣味，不但脱离现实情境，甚至脱离了真实的情绪。

当代报道摄影意味着长时间从事孤独而辛苦的工作，作品没有地方发表，经济上毫无前途，还会被讥为落伍老土之人。但卢广粗犷直接的风格，是对漂亮而虚无的当代摄影和当代艺术的一个补正。

更何况，所谓的当代观念摄影，并不像人们想象的那样前卫。恰恰相反，这是一百年前流行过、又被淘汰的画意摄影的一次回光返照罢了。

历史就是这样。我们在观念的迷宫里打转，很容易回到我们起步的地方。从窗户里丢出去的东西，又从门口走进来。

最早的摄影师都是画家。画家还是最早收藏照片的人。很多印象派大师曾经对着照片作画。莫奈在构图的时候，甚至还饶有兴致地仿效过照片对景观的裁切效果。所以，摄影师模仿绘画界中流行的题材、色彩和影调，也算不上什么了不得的事情。至于这种模仿能不能给照相术带来变化，是另一码事。

艺术上的进步，有赖于少数天才的贡献。这样的贡献，总的说来，是少之又少的。

不满现状——像当代的观念摄影师那样，他们在照相的过程中都模仿了绘画的技巧。而他们真正觊觎的，是绘画这种强调过程的艺术更易于表达画家本人的观念和情感，甚至连画家用笔的习惯，都细腻地保留在最终的作品上。而照相术依赖机械和客观世界。仅仅是为了迁就光线和景深，摄影师有时候要把创作的过程压缩到了四千分之一秒。

尽管受到机械、光线和景观本身的限定，摄影师还是建立了一整套观察和抓取世界的方法。他们能够在混乱的现实中发现秩序，他们能够把握景物因为透视和光线而产生的视觉的节奏，他们能够赋予画面某种的韵律。唯独有一件事让他们意犹未尽：照相机能够深入研究拍摄对象，却无法表现摄影师内在的情感。

卢广这样的摄影师以 "潜伏" 的方式工作。他朴素有力的风格挑战读者日趋精致的视觉经验,重申了衰落中的纪实传统。

非法排污

中国黄海

2009 年

卢广

现代社会政治运动往往需要一些极端的视觉经验（罕见的贫穷、饥饿和其他残酷的场景），摄影作为媒体的工具是非常相宜的。但是，摄影不擅长表现摄影师的情感，尤其是不擅长表现这种情感从酝酿到成形并且最后释放出来的过程。

除非是萨尔加多（Sebastiao Salgado）这样的艺术家。他们的情感是外向的，直接投射在眼前的对质世界和人的活动上面，那些气势恢弘的大场面的确需要政治和道德激情，并且，几乎就是这种激情的完美的表现。

极少数风光摄影师，像安塞尔·亚当斯（Ansel Adams），也能够把人类的情感投射到荒凉的自然景观中去。他日复一日地拍摄壮观的自然，对造化的赞叹之情从不枯竭，让读者在看到照片的时候，也能够体会到一种朦胧的感动。

布列松则提升了瞬间里把握视觉节奏的行业水平。"文章本天成，妙手偶得之"，他的照片充满了灵机一动、转瞬即逝的气氛。

大多数摄影师缺乏这三种天赋。他们了解好照片的标准，脑子里塞满了观念和经典作品，然后满世界去寻找符合标准和观念的情景。有意思的是，在这种经典观念的牢笼里，摄影师对真实的世界视而不见——眼睛看到了，大脑和手脚却不肯对眼见的事物做出反应。这就是摄影中经常可以看到的情形，也是庸人和高手的区别所在。

为了克服视而不见带来的挫败感，一些人选择导演拍摄对象。摄影师人为地制造出一些场景，让演员进行表演。他们还借助电脑软件，赋予照片丰富的颜色和特殊的影调。以导演为特色的"当代观念摄影"，场景、色彩和影调常常一定超现实的。这种倾向理所当然。摄影师之所以这样做，目的是为了克服照相术天生就有的机械的直观。

导演的照片——无论是摄影棚里拍摄的时装人像，还是街上或者野外人为创造出的某些情景，绝大多数是对现实的拙劣的模仿。摄影师不能捕捉住真实发生的稍瞬即逝的时刻，就在大脑中模仿它。摄影师变成了导演，其作品有时候还不乏令人称奇之处，尤其是这一类作品中那种想入非非的超现实主义气氛〔让我想到达利（Salvador Dali）〕，有时候也会动摇我们的看法，让我们以为这是摄影美学上的新贡献，甚至是一种崭新的艺术领域——加上报道摄影已经过时了，更加坚定了一部分人的看法。

但这根本不是任何新的领域，或者什么新的美学标准，恰恰相反，只是摄影史上已经被抛弃的潮流死灰复燃而已。摄影曾经为自己缺乏独立的美学标准而伤神。最早的摄影师为了在美学上找到出路，一直模仿绘画。有这样一个"画意派（Pictorialism）"流行的时期。摄影师将模特——大多数时候是他们的客户，摆成油画人像中最常见的场景。当然，顾客们也乐于配合。因为在中产阶级崛起的十九世纪，欧洲的社会氛围是很愿意尝试新鲜事物的（当然，新鲜事物的效果最好与传统工艺相同）。"画意派"的核心不是相机，当然也不是成熟的艺术形式，而是对一种成熟的艺术形式的模仿。这原本不足为奇。作为一种新的视觉经验，向绘画寻求现成的形式和表现技术，是意料之中的事情。但是，相机——这个工业社会的产物，刚刚在制造业上获得突破，当最早的用户能够带着相机走出家门，当曝光、银盐底版的制作有了标准的生产流程，摄影就获得了一种新的面向艺术史的可能性。

这才是全新的可能。摄影开拓的领域是与相机制造技术密不可分的。不能理解相机成像系统——这种即时即刻的、直观的成像方式，既受到世界的限制，又能以前所未有的快捷和直观，将世界呈现出来的手段，就不可能理解摄影对视觉艺术的贡献。摄影是完全现代的视觉艺术。光学工业和化学工业是这门艺术的前提——"工业"这个词意味着精密和标准化的制造工艺。在照相术发展的早期，这门工艺不断地自我修正，在精密程度、便携性、光学表现、化学效果，以及以上所有因素的配合方面，都不断创造出新的产品，推动相机和底片的升级。而每一次升级，都带来了新的美学可能性。

绘画也好、雕塑也好，这些最古老的艺术，仅仅依靠一些原始的工具，就能创造出风格迥异和流派纷呈的艺术。这是手工时代的艺术。但摄影到工业时代才会出现，也只有在那种快节奏的生活当中才能表现出优势，得到承认。这种艺术天生带有工业性——和新材料的进展紧密相关，并且最终呈现出来的作品有赖于多个部门——或者说是多个程序的合作。这一点，恐怕只有建筑业和服装设计创造的视觉愉悦的方式可以和摄影相比。

回想一下，发明摄影术，发明银版，发明彩色，发明冲洗法，发明胶卷，包括此后的种种发明：单镜头取景相机、更便携的小相机、一次成像相机、自动测光、自动上卷……不仅对摄影师的工作方式，而且对摄影作品的风格，产生了革命性的影响。奥古斯都·桑德和安塞尔·亚当斯式的艺术建立在沉重庞大的座机和长时间曝光的基础上，他们和二十世纪三十年代成长起来的快照艺术形成了鲜明的对照，布列松和迪安娜·阿勃斯都是横跨两个时代的摄影家。他们本身就是这段历史的见证者。

画意摄影作为摄影艺术最早的尝试，遭到了嘲笑，随后被抛弃了，直到过了一百年又被新一代摄影师捡起来，被画廊和评论家包装成一种全新的艺术尝试。从过去寻找灵感的做法在艺术的历史上屡见不鲜。所谓的"当代摄影艺术"重拾画意摄影的残渣，印证了一个事实。这是个艺术上十分平庸的时代。艺术市场的活跃丝毫不改这种平庸的判断。当今艺术领域的活跃，与其说和艺术有关，不如说完全是资本推动的，是世界贸易失衡和流动性过剩的产物。摄影的这种命运也不算罕见。在2008年的金融危机爆发之前，当代艺术的每一个门类都经历了类似的泡沫。

第十一章　Magicube 的世界

照相术经历了一个从艺术到媒体到家用电器的历程。全世界有数以亿计的便携式数码相机，还有数量更多的带拍照功能的手机。不管你承认不承认，相机现在就是一种家用电器。这给报道摄影带来的冲击是前所未有的。

2005 年 10 月，一架飞机在澳大利亚降落时，由于起落架故障，不得不迫降。随后的新闻节目里立刻播放了一位乘客在机上用 DV 拍摄的画面。人人都能拍照，都能录像，并且可以立即传输到互联网上。这是新闻业的一个转折点，看到这个消息，很多人觉得，新的时代到来了。

互联网时代到来之前，相机设计和摄影的哲学都和今天不一样。

为新闻业设计的相机，其主旨是"快"。绝大多数照片在拍摄的时候，从来没有征求过被拍摄者的同意。战争中尤其如此——摄影师往往同战斗机和装甲车一起进入战区。这样的战争因此称为"相机监视下的战争"，其结果不是减轻了战争的暴力色彩，而是加重了报道摄影的暴力色彩。这倒不是因为摄影师和装甲车同行的缘故，而是因为摄影师从取景框里观察事物的方式，与军事上的瞄准很相似。如果未经事先知会，当人们发现自己变成相机猎取的对象，他会立刻感到不安，接着就是本能地躲闪——如果能够预见到照片的效果（和一些残忍的场景共处于同一画面），不安也许还会变成愤怒。如何与被拍摄者相处，就成了重要的问题。少数摄影师具备安抚被拍摄者的天赋，他们可以在竞争中脱颖而出，但相机的设计者找到了更折中的方案：将摄影师隐蔽起来。"小"和

"大"和"重"是新一代"专业"相机的特征。这一趋势在胶片时代已然如此，在数码时代又被强化了。

和"专业版"相机相比，布列松使用过的这台徕卡相机又小又轻巧，或者说很"业余"。

第十一章 Magicube 的世界

"黑色"，这一直是徕卡（Leica）相机的设计哲学。早在几十年前，这种哲学在艺术上找到了自己的代言人，在布列松看来，具有决定性的瞬间毫无疑问也是隐蔽的。他一生反对别人拍摄他的肖像。隐蔽在人群里不仅是视角上的需要，也可以将摄影师从人群的对立中解放出来，让他们获得拍摄的自由。但自动相机出现之后，相机的设计准则发生了转移。设计者不再追求相机的隐蔽性，转而追求拍摄速度。

为了持续供应自动对焦和高速连拍需要的电力，可以拆卸的竖手柄变成顶级机身不可拆的一部分。数码相机取代胶片相机之后，机身变得更重、更大。带驱动马达的大口径镜头不仅又粗又重，以佳能（Canon）为代表的制造商还将长焦镜头漆成白色，在镜头上安上了标志性的彩圈（红色、金色或者绿色）。新的设计哲学促使摄影师从人群中站出来，暴露在不友善的目光下。

工具决定了摄影业的工作方式，它与世界的关系，以及摄影师面对世界的态度。为什么今天的新闻摄影变得肆无忌惮？因为摄影师变成了大而笨重的相机上的一个零件。设计相机的人相信，只要够快，就能战胜一切，在被拍摄者逃走之前将他们拍摄下来。

这种设计理念里，被拍摄者的反应只是一个技术问题。这个技术困难被更"快"的相机克服了。

到了互联网时代后，追求"快"和"专业"相机设计理念很快就被否决了。"快"的前提是相机不可避免地变得又大又重，"专业"意味着复杂，都不符合家用电器的设计要求。后者要求，相机首先应该满足两个功能性的要求：便携（小而轻）和简便（全自动）。

娱乐业的市场价值和它强调功能混杂的哲学，影响了工业设计的潮流。从此，民用数码相机变得又小又薄，可以搭载在手机上，掀起了一股自拍的狂潮。

可以预见，相机的体积将变成摄影师职业身份的象征，而非技术上的必须。2006年，世界上最大的照片库 Getty 收购了一家为普通人提供上载空间的照片网站 iStockphoto。这宗收购的市值（五千万美元）和影响远远低于 Google 收购 Youtube 一案，但对摄影师来说，性质是一样的。这是黑暗来临前响彻世界的哀

《生活》杂志封面

封面文章：《拍照手机革命》

奥巴马在柏林演讲，德国柏林，2008 年 7 月 24 日，美联社

注意现场观众手中轻薄的数码相机和可拍照手机——当天有二十万人到场，对许多人来说，如今拍照只是一种条件反射。

歌。iStockphoto 提供的海量的照片，一美元一张，所有权属于世界各地的相机机主。汪洋大海一样的照片容量为照片买家提供了多种解决方案，它们唯一的共同点仅仅是廉价。一美元一张的无名之辈的照片像海滩上的沙子，随着互联网的汪洋大海载沉载浮，而举着笨重的"大"相机的摄影师，无异于泛舟海上的过时的旅客。

然而，时间并没有结束。2012 年，Google 之后最炙手可热的互联网公司 Facebook 宣布，以十亿美元的价格收购 Instagram——一家十三个人的小公司，主要业务是为手机用户提供一款美化手机照片的应用程序。

自拍的激情，而非传统和天赋，正成为均质化的网络时代的新象征。专业和精英的时代行将结束。这并非由于我们低估了天赋在创造活动中的价值，而是群众创造世界的激情，正试图淹没一切。

2006 年 Google 收购 Youtube 掀起的波澜，让美国《时代》周刊也按捺不住兴奋的心情，"影像+互动网络"的平台一旦变成生活方式，自我表现就不再重要，重要的是拍摄者要置身在一个嘈杂而充满零碎创造力的小宇宙之中。一千万个鸡零狗碎的灵感不足以改变世界，却足以制造时代的象征符号。

对文化人类学家而言，人类之异于禽兽者，就在于人类有创造并运用象征符号的能力。在互联网时代，我们将创造了什么样的象征符号呢？

今天，这个符号暂时叫做 Youtube、Blog、Facebook、Twitter，昨天叫做 BBS，而明天却属于 Magicube，一个正在来临的新世界：

> Magicube 不仅搭载了 Google 这样的搜索引擎，兼具 Blog 和 Youtube 的上传和在线观看功能，具备 Facebook 和 MSN 一样的互动性和社交功能，能够像 Twitter 那样无限制地互相引用和链接……这些功能的实现极其简单，都是傻瓜型的；更重要的是，绑定在 Windows 和其他操作系统之上的 Magicube，有一款常见和超级强大的应用软件，弹指一挥间，普通人能够像打碟高手打碟那样，剪辑和混合文字、录像、音乐与照片，将它们制作成 MC（Magicube 的缩写）格式的文件。

Magicube 诞生以后，互联网每从世界的中心向边缘拓殖一步，都是 Magicube 的视线在延伸。每天，世界各地数以亿计的网民将记录着他们鸡毛蒜皮的灵感和喜怒哀乐的 MC 文件发送到自己的 Magicube 上，然后被链接、转载、观看和评论。他们提供的自拍风格的影像、声音和文字看似在表现自己，其实像一滴水落入海洋。每个人都深深感到与世界同在的狂喜。Magicube 不再是世界的象征物，而且，后 Magicube 世界也不再需要象征物。Magicube 居于世界的正中，将是可以看见、听见并且言说的世界本身。

这个类似于《1984》一样的 Magicube 的世界，和我们讨论的摄影又有什么关系呢？1887 年，闪光摄影第一次被发明出来。那次闪光只持续了十分之一秒，却是革命性的。通过闪光灯，黑暗庇护的世界被强加给我们的视觉。世界从此在相机面前变得苍白、平面、无处躲藏，并越来越快地以照片的形式被分解、传播和重构。而今，搭载在手机上的又小又薄的数码相机和数码摄像机的普及，大大加快了分解、传播和重构世界的进程。

发明者因此将互联网时代无所不能的创作激情命名为 Magicube——一种闪光灯的名字。

Magicube 的世界并不存在——现在还不存在，而是我想象出来的世界。用不了多长时间，这个想象的世界就会变成现实。

其实，Magicube 的世界是慢慢实现的。

它首先来自于报道摄影自身的变化。2001 年 9 月 11 日，Joel Meyerowitz 被远在纽约的爆炸声惊住了。几天后，他赶到现场，举起相机，警察一声发喊：犯罪现场，禁止拍照。因为这一声发喊，五年后，Phaidon 出版社得以出版 Joel Meyerowitz 的摄影集《后果》(*Aftermath*)。

这是一个被"美国梦"烙印的摄影集。官僚机构的一声发喊提醒了 Joel Meyerowitz：正在发生的历史被禁止记录，未能亲历灾难的美国后代，将何以理

世贸中心

美国纽约

2011 年 9 月 11 日

詹姆斯·纳切威（James Natchwey）

解"9·11"？几天后，他设法进入了废墟中心，并且在那里持续拍摄了九个月。

"禁止拍照！"对一个相信"没有照片，就没有历史"的摄影师，这声发喊使他重温了官僚体系垄断信息的现实，然而也可以催生记录历史的激情。这种激情基于一个历史观念，诚如Joel Meyerowitz所说：个人的声音不能在历史中缺席。

"没有照片，就没有历史"，是一个专业人士的价值判断；"个人不能缺席"，是一个社会成员的历史观念。因为这种价值判断和历史观念，Joel Meyerowitz认定自己身在历史之中、并且为历史工作。一大批摄影师，像詹姆斯·纳切威（James Natchwey）和史蒂夫·万考瑞，都在第一时间进入世贸中心——以及世贸中心的废墟拍摄。

禁令成就了Joel Meyerowitz，他是不多的一直工作在世贸废墟中心的摄影师。而他实现了自己的初衷：为历史保留影像。我相信，没有某个伟大灵魂一瞬间附身Joel Meyerowitz，他也不是被挑出来承担"天将降大任"的"那个人"。官僚体系往往难免因庞大、机械而颟顸，在历史的关头，社会舆论容易被激情所歪曲，这时候，独立、理智健全、富有历史感和勇于承担责任的个体，是社会最宝贵的财富。

爆炸发生不久之后，美国政府调整了立场，请Joel Meyerowitz展览废墟中拍摄的照片。这不是追认他工作的合法性，而是肯定人们在他镜头前表现出的勇气、决心和团结精神。

当然，禁令带来的恶果，并没有被Joel Meyerowitz的工作抵消。"9·11"像是前所未有的巨大拼图，那些构成拼图的图案却少得可怜。多年过去，"9·11"的历史仍然是褊狭的。它对世界的改变如此之大，我们不能满足于Joel Meyerowitz提供的照片。

我是说，"个人的声音不能在历史中缺席"，这个"个人"决不是意味着"一个人"，也不应该是意味着"某个人"，理想状态下，它应该是"每个人"。尽管这样的历史，从来没有存在过。

Joel Meyerowitz的画册出版前不久，英国破获了一起未遂的飞机爆炸案。恐怖分子的意图是明显的：为了向五年前的"9·11"致敬。时间过得很快，但

虐囚，伊拉克阿布格莱布监狱，

2003年，美军自拍

四千名死于伊拉克的美军士兵照片组成小布什和麦凯恩（John Mclain）头像

2008年

赫芬顿邮报（The Huffington Post）

并没有改变"9·11"事件的性质。进入二十一世纪之后，它一直是我们生活的世界上最鲜明有力的标志性事件。

如果历史是一个客观实在的对象，"9·11"就是楔入其中的一颗钉子。钉子楔入的物理作用，改变了这个客观实在的历史的形状、结构和走向；"9·11"好像多米诺骨牌游戏中的倒下的第一张牌，引发了比它自己倒下严重得多的连锁反应。但是，历史真如同一块木头，是一个客观实在的对象吗？

赋予意义并且标志化的过程无孔不入，最后真正改变了世界——当然，首先改变的是人的观念世界。"9·11"是历史的象征，这对生活在新英格兰的美国人，比如 Joel Meyerowitz，和对生活在英国的巴基斯坦人都是一样的。因为这个原因，"9·11"到来五周年之际，他们用不同的方式，对这个终于成为历史标志的事件，做出了自己的反应。

赋予"9·11"以意义，并将其标志化的过程中，照片扮演了什么角色？几乎所有的艺术形式都扮演了一种角色：将"9·11"从2001年的三百六十五天中抽离出来，把世贸大厦从曼哈顿建筑群中抽离出来，然后，把所有的一切，从常识和经验领域抽离出来。和其他艺术形式不同的是，照片还声称在记录历史。

Joel Meyerowitz 相信，没有照片，历史就是不完整的。人物和事态的某一瞬间被抓取成为静态画面，时间被强行截断，表情和行为的连续性被打破，照片上的面相似乎要突破画面，去寻找自己的上下文语境。切除语境造成的紧张，艺术史称作感染力的根源——这正是 Joel Meyerowitz 要通过记录世贸中心的废墟，传递给下一代美国人的历史。

"9·11"之后的这些年里，很多照片被发掘出来。试图制造飞机爆炸案的那些在英国长大的巴基斯坦人，还没有照片记录过他们的生活。不过，不要急，会有的。照片参与纪录的历史会更加完整——或者说，照片参与制造的历史，必定按照自身的逻辑趋于完整。

我一直想象一种情景。中东的恐怖组织训练营里，从世界各地前往受训的年轻人，一定和他们的同龄人（例如在阿布格莱布监狱当差的美国士兵）一样喜好影像，他们会不会用数码相机或者手机记录自己的生活呢？

这是 Magicube 时代特有的问题。这个问题不久就找到了自己的答案。

2007 年 4 月 16 日，美国弗吉尼亚理工大学发生一起血案，韩国留学生赵承辉持枪打死了三十三名同学和老师。

这起血案令人迷惑之处在于，同一枪手实施了两次枪击，其间间隔有两个小时时间。这沉默的一百二十分钟里面，枪手赵承辉向 NBC 电视台寄出了一个包裹，其中有四十三张照片，几段视频和若干文字。枪手的异常举动立即让我想起阿布格莱布监狱看守和实施自杀性袭击者的恐怖分子作为。

赵承辉寄送的影像和文字没有一点恐怖主义特有的乐观，相反，哀怨和刻毒的言辞刻画了一个饱受折磨的灵魂。言辞里的赵承辉与照片上全副武装杀气腾腾的枪手形象南辕北辙，杀人动机与政治利益更加无关。为什么他要向NBC——看不见的大众的象征物——寄去这些影像和文字？

同样的问题在恐怖主义的语境中并不存在：自杀性袭击的诉求包括现实的政治利益（领土要求、释放人质、打击敌人的战斗力）和精神需求（宣示宗教真理和显示决心），首要的任务却是恐吓大众。因此，袭击者赴死前的影像不过是另一种材料制造的炸弹。

以传播为中心的时代，PET 塑料薄膜（制作录像带的材料）和透明聚碳酸酯（制作 DVD 的材料）制成的炸弹越来越重要。它们与钢铁、炸药制成的炸弹到底孰先孰后，谁更重要，也变得模糊起来。2001 年以来，自杀性袭击者赴死前的视频、照片和文字不断在电视上出现，而观众已经屡见不鲜。多数人愿意相信，录像带只是自杀性袭击的副产品，是后者的佐证；然而我恐惧于相反的可能：自杀性袭击之所以会发生，只是因为录像带需要材料。为了使氢弹爆炸，需要先引爆一颗原子弹：钢铁和火药除了造就炸弹，也可以成为引信；对恐怖主义者来说，真正的爆炸不是发生在汽车里，而是发生在电视台。

赵承辉的作为让人感到，恐怖主义的表达技巧变成了时代潮流的一部分。影像炸弹随着电视台的播放释放能量，不仅使恐吓四处蔓延，更具毁灭性的灾难是使得这种表达技巧也得以流布，其核心部分在于：杀人与自杀是一种修辞的技巧，目的是使影像的表达更有力、更鲜明。2007年4月16日上午，沉默的一百二十分钟里面，赵承辉向电视台寄去了一包影像，再次大开杀戒。这自我表达的方式与恐怖主义者一脉相承，可以看作是恐怖主义影像炸弹的社会后果之一。

恐怖主义者试图以仇恨激发恐惧，赵承辉的仇恨却只能激起同样的仇恨。他提供给NBC的照片异常做作，或许能证实他可能存在精神疾患；然而，这些影像不再让人同情他的遭遇、分担他的痛苦，或者了解他的主张，甚至不能让人感到恐惧。一个人决定以自己和他人的死亡向世界复仇，世界以闭目塞听为报复，对他的影像置若罔闻。

Magicube的世界是一个影像泛滥的世界，所有的人都在拍照，并且立刻把照片传到网上。赵承辉给自己拍照、拍录像，然后大开杀戒，再把照片和录像寄给电视台。这种做法是当代恐怖主义的通行做法。我们很容易在网上搜索到相似的视频。

在这个世界里，人们习惯用影像表达看法，用影像向他人诉说自己的主张。

而且，影像和日常生活失去了界限。阿布格来布监狱虐囚照片流传出来后，没有人担心青少年会模仿画面上的虐待行为。不，恰恰相反，苏珊·桑塔格说，是虐囚者在模仿美国青年文化中的"肉体暴力和性羞辱"："从对众多美国郊区中学的新生施加无情折磨……到大学迎新会和球队迎新会捉弄仪式上的肉体暴力和性羞辱，美国已成为这样一个国家：暴力幻想和暴力实践被视为良好的消遣——取乐。"[1]

照片、视频和生活互相模仿着。这世界和那个已经过去的世界之所以有巨大的差别，正因为图像和我们的日常经验之间的巨大鸿沟在消失。

九岁的南美裔男孩瑟吉奥－佩利科生活在美国。2007年12月的一天，佩利科和叔叔一起看了萨达姆绞刑录像，然后把自己绞死在了家里的床上。佩利科

---

[1] 苏珊·桑塔格：《关于他人的痛苦》，黄灿然译，上海译文出版社，2006年，第130～131页。

萨达姆·侯赛因雕像被拉倒，更像是一种模拟绞刑，象征着伊拉克战争的终点。

伊拉克巴格达

2003年4月

盖蒂（Getty）图片社

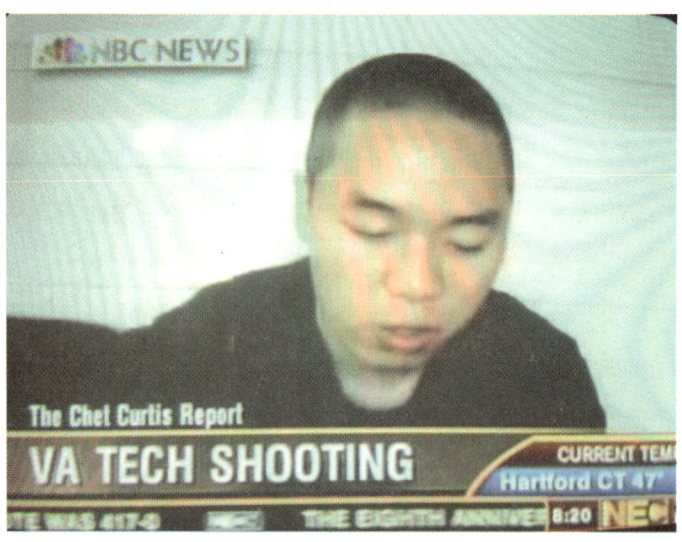

赵承辉把录像带提交给电视台，也把难题交给了媒体：怎样才能播出录像又不激起公众的反感？

的妈妈觉得，如果电视节目打上"切勿模仿"的字样，佩利科就不会绞死自己。谁想过新闻影像有一天会面临这样的指控呢？

性和暴力的影像有严格的分级制度，记录政治景观的影像（冠以"新闻"的名称）却触手可及，甚至连基本的事先消毒（"切勿模仿"）都没有。美国人难道不怕政治景观会教坏下一代吗？

候选人经常攻击竞争对手的私生活，这种电视广告能够影响选情，然而不妨碍中产选民教育孩子尊重他人的隐私。为什么一般社会道德不能容忍的事情，一旦进入政治领域，就不再是禁忌？政治圈和普通社会在道德上奉行的是双重标准吗？

如果言论自由的代价是合法地窥探他人的隐私，是公开的谎言泛滥，这种代价未免过于沉重了。但政治景观之所以能够与日常生活并存，而没有摧毁后者的道德体系，主要的原因是政治与日常生活之间有一道隔离墙。

现代民主国家毕竟不是城邦时代的希腊。希腊城邦政治的基础是自由人的联合，意味着每个自由的公民都有参与政治、决定公共事务的义务。在雅典城邦里，参政是公民日常生活的一部分，人们通过抽签（后来是一人一票的选举），轮流负责城邦的行政事务。城邦希腊的政治生活和现代民族国家的政治生活有天壤之别。即便是美国式的自由民主国家，公共事务对公民开放，但政治活动本身也已经高度专业化。选举竞争是当代美国政治的核心。大众传媒，尤其是电视在这个过程中扮演了最重要的角色。如何利用电视塑造候选人的形象，如何竭力毁灭竞选对手的形象，是竞选成功与否的关键，这个过程分工细致，价格昂贵，远离普通选民的生活。

人们把选举看作人性丑恶的表演，主要是因为候选人在电视和报刊上公开诋毁竞争对手的人品和能力。记录政治景观的影像早已经丧失了在道德和行动方面指导下一代的意义。

从十八世纪开始，机器印刷的普及带动了出版业的繁荣。十九世纪，摄影术发明、报纸兴起。二十世纪又发明了电影、电视和互联网。人们获取资讯的能力空前扩张，但发达的资讯没有增强现代人的政治地位。城邦时代的希腊公

萨达姆·侯赛因的死刑

木刻版画

2007 年

Sandow Birk

民定期参加全体会议，用贝壳投票，现代国民通过电视机了解政治，决定把票投给哪个候选人。后者并不比前者更了解公共事务。至于那些用强有力的手段钳制舆论的国家，它们限制信息传播，因为只有人民处在蒙昧状态，不了解应有的权利，也不具备反抗必须的组织，才能对他们加以奴役。这种国家并非没有报刊和电视，只是其中充斥着刻意编织的谎言。

电视是一种两难。现代人既离不开电视，也不相信电视。一条巨大的鸿沟将电视上的世界与日常生活隔离开来。现在，这一切发生了动摇，因为佩利科的妈妈提出的疑问：萨达姆绞刑录像应不应该打上"切勿模仿"的字样？

绞索套上萨达姆的脖子时，佩利科问他的叔叔：这样就可以把人弄死吗？叔叔说，是的，但只有坏人才这样。不失时机的道德教育抹平了政治景观与日常经验之间至关重要的区别。佩利科想起自己没有为父母准备圣诞节的礼物，无疑是个坏人，他模仿那具有象征意义的政治景观，想以此证明自己对父母的爱。这真是教育的失败。

那些喜欢慢、喜欢手工、喜欢经典的艺术形式的人，在 Magicube 的世界将感到落寞。落寞是两个原因引起的：第一是大众文化和互联网技术的结合，把我们的世界变成了 Magicube 的世界；第二是摄影艺术终于像油画一样，渐渐从日常生活中消失了。

摄影艺术消失的方式是进入画廊、美术馆和私人收藏家的仓库。

2005年春天，有一家报纸报道，纽约佳士得举办了一场摄影作品的专场拍卖。新闻说：

> 那一幕幕凝固在胶片上的惊艳，深深地叩击着每个人的心门。从最初八百五十万美元的估价，到最终一千四百五十多万美元的斩获，这场摄影饕餮所带来的，早已超越了惊喜二字。

"饕餮"这个意外被用于照片的词语，可以作为对这个时代境况的概括。

"饕餮"：集数量众多和眼花缭乱的感觉于一身。这个词概括了照片在今天被生产和使用的状况：它形容了一种制造工艺的狂欢，一种被照片包围的感觉。它和佳士得拍卖师的槌子有什么关系？

拍卖师槌下最值钱的照片是迪安娜·阿布思的《纽约中央公园里拿玩具手榴弹的小孩》(*Child with Toy Hand Grenade*)。这张被反复使用的照片创造了摄影作品拍卖的价格纪录。

另一位美国摄影师阿瑟·罗斯坦（Arthur Rothstein）（他是被 FSA 请来记录大萧条的一代著名摄影师中的一个）表达了自己对迪安娜的保留："她被精神上和肉体上有缺陷的人所吸引……她想要记录多数人所忽略的方面，这一过程中，表露出自己饱受折磨的人格。"[1] 他不能认同迪安娜那没有同情心的影像。但讽刺的是，罗瑟·伊斯坦的著作出中文版的时候，出版社恰恰选了迪安娜这张昂贵的照片作为封面。

这张被选作封面的照片显然被不恰当地使用了。这是我们今天对照片一连串的误用中有代表性的一次。"饕餮"是对照片没有辨别地使用。照片如果记录了一种人类境况，这种人类的境况就是一张照片赖以与观者形成对话的语境。把一张照片抽离语境，和对任何经典没有节制的引用一样，最终会形成一种暧昧不明的指称。对解构主义者而言，这种暧昧不明的指称是言语泛滥的世界的必然结果。对罗瑟·伊斯坦和迪安娜·阿布斯而言，他们暧昧不明的相遇是一种双重的歪曲和消费。

拍照变得人人可为，不够专业却足够快速的照片，正在改变专业主义照片的哲学。这个时候，专业主义的经典作品，却开始离开大众传媒，走进了佳士得的拍卖场。

对迪安娜那张著名照片来说，它的命运先是被反复使用，反复不正当地使用，现在经过佳士得的槌子确认，它变成了不知名收藏家的藏品。

照片成为收藏品，意味着可以避免被滥用和误用，避免被"饕餮"式消费

---

[1] 阿瑟·罗斯坦：《纪实摄影》，李文译，广西师范大学出版社，2005 年，第 72 页。

的命运。从这个角度来说，佳士得的槌子是"饕餮"的终结者。

进入拍卖行后，大师的照片现在和绘画、瓷器一样，变成了那种很珍贵但不痛不痒的人类遗产，可以让财产保值增值。专业主义摄影大师的作品离开它们的传播媒介，标价后变成收藏。震撼人心的陌生消失了，照片特有的神秘色彩消失了，"来自灵魂的晕眩"也随之消失了。最后，那些不为人知和不为人注意的时刻，也消失了。

那些让人"晕眩"的照片被送进拍卖会，它们"逼视"读者、迫使他们去改变世界的力量就消失了。那让人不快的畸形的人性带来的我们对生活的某种认知，原来隐藏在某个不为人知的角落的世界，迪安娜·阿布思特有巨大的陌生和疏离，以及布列松的决定性瞬间，正在流失殆尽，人们却——像那篇新闻中报道的那样——感到"惊喜"。这是为什么呢？

有一个解释：佳士得的摄影作品虽然价格高昂，远离大众的生活，但相对那些表现出咄咄逼人的道德优势的带血的照片，相对逼着你认定这个世界并不如想象的美好、逼着有所行动的照片，昂贵要让人好受得多。

最后也是最初的问题，在 Magicube 的世界里，一个摄影师怎么开始他的艺术生涯？

从纽约第七街上的帕森艺术与设计学院摄影系毕业后，年轻的周纪永决定做一个专职的艺术家。他的第一步是把自己的毕业作品送进了上海新天地的一家画廊。

周纪永讲了某个失落文明的王室后裔意外出现在当代的故事。这组摄影作品罕见地分为十章，周纪永自己说，他在里面探讨了权力、阴谋、爱情与性别，最重要的，是表达他对于"存在于我们之中而未被知晓的"另一种文明的向往。

从六月下旬开始，作品开始在新天地的画廊展出。我认为，更适合的展览场地是艺术院校，而不是新天地。对游人如织的新天地来说，"未被知晓的文明"这样的话题太郑重其事，太含糊不清，与周围的环境也太不协调了。

适应环境，不该是艺术家（尤其是年轻的）考虑的问题。但糟糕的状况是艺术家不知道自己身在何处，对环境缺乏了解，更加谈不上洞察。这种状况在现在的艺术界屡见不鲜。由于这些年来艺术市场的火热，画廊越来越成为主导的力量；卡塞尔回顾展的一位策展人曾对我说过，把本来应该放在画室里的作品挂到画廊里是不合适的。那么，什么样的方式是合适的呢？每个同龄人的作品都挂在画廊里的时候，一个二十一岁的年轻人很难拒绝去寻求属于自己的市场。

行业的标准已经发生了变化。过去的艺术家开始他们艺术生涯的时候，往往选择严肃的展览。在这样的展览上，业内的批评有利于他们更快地找到自己的风格。

在任何一个时代，一个年轻人决定以艺术为职业的时候，眼前浮现出的道路不是一条，而是有无数条。他们的精力过剩，因此相信自己的才华也绰绰有余，和艺术上的无限可能正相适应。但是事实证明，多数人有限的才华，最终没有花费在创造上；如果慷慨地在每一条道路上挥洒才能，只能耽误了时间，最后无法收获自己的风格。这本来是展览和艺术批评存在的原因。它们的功能，首先是给予天才创造以应有的承认，引导大众的认知，同时也要为另一些艺术家指明方向。

现在，同业评价机制已经不再重要了。画廊的商业运作手段，成了作品能不能卖出去和以什么价格卖出去的前提。学术展的规模在缩小，由于市场的过度介入，艺术批评的品味和权威都在下降。展览和批评自己失去了方向，自然，更无力为艺术家提供帮助。

上海之行让周纪永很茫然，人们给他各种各样的建议，但他反而觉得搞不清方向。一个新天地式的开始，对他来说，是好，还是不好呢？在他的另一个（我很欣赏的）习作里，他想象了一种全新的工业：像养牛一样喂养几位女性，然后用她们的乳汁来制造乳酪。最后呈现出来的作品包含了影像与装置，以及巨大的黑色幽默。尽管周纪永自己并不明白，但将人的身体变成流水线，这一恐怖的情形已经部分地在Magicube的世界里变成了现实。他或许该小心，不要过于接近那些形形色色的制造人乳酪的工厂。

第十二章　照片进入历史

在台北中正区南海路，一座建于1931年的建筑，有着漂亮的、栗壳色的外立面，陶砖镶面，女墙用洗石子嵌出几何纹饰，正门立面呈半圆形，两侧翼楼向后展开。在日据时代，这栋三层的建筑曾是台湾教育会馆，高敞的内室常作为展览场所。日本投降后，这里一度用作台湾省参议会和台湾省议会的会议厅。美国在台新闻处林肯中心曾租借这里（中美建交后改称"美国文化中心"），用于办公和展览。八十年过去了，风雨使陶砖的颜色更加黯淡，更加增进了这种折中主义建筑敦实朴素的风格。2010年，马英九宣布这栋建筑用作"二二八纪念馆"时，也是在这里，代表政府向事件中的受难者道歉。

纪念馆里有一堵照片墙，属于"二二八事件"中的死者。他们平和的眼神注视着展厅内的虚空——如果照片真的不只抓取一个人的容貌，也能够定格些许思想和灵魂，那眼前这些人物既无激愤之情，更没有挑衅的意思，相反，其中多是些平和敦厚的形象。那些没有留下照片的死者，照片墙上给他们留下了空位：一格接一格的空白，布满了大半个墙壁，每一格空白，都代表一个死者。他们有的死于刑场，有的庾于狱中，有的消失得更加彻底——在公开的资料里，他们被定义为失踪人口。事变之后，死者和失踪者的家人和朋友，也大抵有一段艰难岁月。资料散佚，时间吞噬了历史的细节，他们留下的空白，可能永远无法填补。

时光磨圆了记忆的棱角，让陈旧的照片散发出感伤情绪，那情形如同翻看旧日的相册：我们的情感不由自主地被那些模糊的影像软化。但空白是不能软化的。和不断老化的照片相比,一格接一格的空白永远新鲜,永远凌厉,逼视着参观者。照片墙一旁,是一具档案架,架子上整齐地码放着牛皮信封。一只接一只,规格相同、颜色一致的信封,把木架子塞得满满当当。有一些文件被整理出来,陈列在橱窗里:和所有官方文件一样,各色官方陈述、密报和判决行文,镶嵌在行政和司法机关的套语里,显得公事公办,抹去了办案者的全部个人色彩——这和照片墙给参观者留下的印象正好相反。

置身于照片和档案之间,参观者将被两种不同的经验拉扯。一边是标准化、刻板、没有个人特征的文字的历史,一边是发黄的照片或新鲜的空白构成了视觉的历史。每一张照片和空白都代表一个不同的人,当你与他们凝固的眼神对视时,作为人的温情油然而生。正这一点温情,区分开了文字和摄影,区分开了群体与个人,也区分开了历史规律与生活细节。

作为知识生产的一部分,文字的历史建构了我们对世界的认知。视觉的历史不提供知识,而是为知识提供情境。你不能从照片上获知震惊世人的一切是如何发生的。相反,曲折的事态演进被压缩成一张照片——通常是一个人或一群人的形象。这些人的形象如同历史河流中的浮标,它们把一件事和另一件事区隔开来,为冷酷的"历史规律"添加了人性,为人们判断事物的性质提供了参照系。在快速推进的文字的历史叙事里,视觉形象预留了一个入口。通过这个入口,我们将进入一个寂静无声的世界。那是历史之下的历史,是第二种历史——如同"二二八纪念馆"照片墙上凝固的目光,视觉记录的历史,只能称之为"个人史"。

这是"见证"一词的本义。历史真的像乔治·奥威尔在《一九八四》中说的那样,是"一张不断刮干净重写的羊皮纸"吗?保留一张未经修改的照片,像温斯顿做过的那样,真的毫无意义吗?

李振盛曾经是《黑龙江日报》的摄影记者,"文化大革命"中以造反派的身份开启了职业生涯的新阶段。和他的同行一样,他经历了一个制度性制造照片的历史时期,并且深陷其中:从构图到用光,从人物的神态到墙壁上的一张招

"二二八事件" 受难者照片墙

台北

2012 年

夏佑至

贴画，一切都是导演的结果。而在另一些场合，他的特殊身份让他在政治运动最激烈的时候，在街头抓取过一些有标志性的瞬间：旌旗招展的群众运动，高级官员在批判中受到体罚，以及佛教信徒手执侮辱自身信仰的标语……摄影师本人的命运在运动中历经沉浮：他从批判别人起家的造反派，变成被别人的批判对象，又在林彪事件后重回报社。但不管在何时，摄影师都没有权力决定照片的用途。底片必须上交——这个要求与所有权和版权制度无关，而与温斯顿在密室中的奇遇有关。不管是导演的照片，还是抓拍的照片，在拍摄之前，照片的用途已经预先设定：在文字掌控历史的时刻，照片只是文字的图解，因此需要大量的修改加工，以清除那些与文字主题无关的细节。

未经修改加工的底片，充满细节的陷阱，可能让"对过去的控制"不再牢固。因此，要实现"对过去的控制"，就必须实现"对底片的控制"。而要反对对历史的控制，就必须反对对底片的控制。李振盛藏匿下来的大量底片，在2000年结集出版，书名"红色新闻兵"——这本公开宣布"未经剪裁"的摄影画册，重新利用了那些拍摄于"文化大革命"时期的底片。底片上未被修改加工的细节，编织了一个不同的历史：那是一个人没有上交的历史。

"红色新闻兵"，这几个字曾印在造反派李振盛的袖章上，代表着革命的组织和意识形态，如今印在画册封面上，其本义被书中的照片消解甚至翻转。要充分注意到这本画册与一些进入拍卖市场的"文革"影像的不同。"中南海摄影师"为政治领导人拍摄的照片中，有一些相当稀见，因此频频在拍卖会上出现，但缺乏对底片来源（如何拍摄、保存、摄影师如何取得版权）和使用情况（曾在何时何地以何种形式发表，是否经过剪裁）的必要说明。没有这些说明，照片就只是文字的图解和附庸。我们或许应该视之为文字的历史的盲肠，以及廉价怀旧心态掀起的资本泡沫。

在《一九八四》里，温斯顿因为"过去不但遭到了篡改，而且不断地在被篡改"，到最后，"供词已一再重写"，"原来的日期和事实已经毫无意义"而绝望。反过来说，要翻转被操控的历史叙事，就要找出修改照片来图解和美化历史叙事的机制。

黑龙江日报社批斗省委工作组组长骆子程

哈尔滨

1966 年

李振盛

第十二章 照片进入历史

拍摄肖像是人类学家进行人种调查时的手段之一，由于人类学源自西方，东方被视作有异域风情的"他者"，这种拍摄也因此带有不平等的权力关系。

达雅族妇女

中婆罗洲

1919 年

J. Jongeians

作为熟人和老朋友，黑明仍然无法消除拍摄肖像带给拍摄对象的压力。

房志华

中国陕西

黑明

正如张大力所做的那样，寻找照片上的失踪者，需要穿越一些象征符号构成的历史陷阱，最后找到的并不是某个具体的历史人物，而是寻找者自己——他将清洗原有的历史观念，以一种新的方式看待过去，并从中汲取评价当代和未来的智慧。

张大力用图片版本学构建了两条相映成趣的历史线索。我无意将两条线索看作二元对立的。摄影师在拍摄时，已经用大脑和相机对画面做出了剪裁。这种剪裁与暗房中的剪裁可能遵循着同样的标准和逻辑。当我们面对底片，并不是面对事实本身，而是事实的一个局部和一个瞬间——连这样的局部和瞬间，也是摄影者挑选过的。视觉的历史是零碎的，不足以组织一个连续和完整的框架，去解释事件的因果联系。视觉的历史是个人化的历史，但正因为人如此，这一历史不但可以比对，还可以质疑和补充。

黑明是一位资深的摄影师，他最有趣的作品已经结集出版多年，却几乎没有引起任何反响。这些作品拍摄于距离延安市东南八公里外一个偏僻的山村。1903年，一个逃荒的农民在此地的山腰上开了第一孔窑洞。围绕这间被称作"新窑子"的窑洞，他的后代和陆续来此的移民繁衍了一百年。黑明于1996年来到这里时，新窑子已经成为有数十户人家和数百人口的村庄。

经过八年连续的往来，摄影师被当作新窑子村的一分子，得到了村民们认可和接受。2004年出版的《100年的新窑子》，正是这八年交往和拍摄的产物。书中包含了简略的社会学调查、口述史和一大批风格独特的照片。这些照片拍摄时间长，构思完备，而且具有足够的开放性，可以从很多角度去讨论其中的内容。

全书的第一部分是村民的肖像照片，黑明和社会学家都将这些照片看作是"标准像"——这个词既指普通人用于档案的肖像照片，也用于特指政治领导人公开发表的肖像。政治人物的标准像往往在宣布他们担任某一职务的同时向公众发布，因此也是政治仪式的一部分。

"在我们的政治和社会生活中，标准像……是一件有着多么重大政治和历含义的事情，同时又是一件离普通人的生活多么远的一件事情"，社会学家孙立平说，"黑明这组农民标准像的冲击就在于，他给那些似乎最没有资格照标准像的普通的农民拍摄了一组'高质量'的标准像，而且不仅拍摄了，还以醒目的位置和处理手法印在了书里，并且以书这种媒介，成为公众阅读的对象。也就是说，它们和那些领袖们的肖像一样，具有了公共性。"[1]

尽管标准像普遍地应用于政治仪式，但拍摄肖像也是人类学家进行人种学调查和研究时的常见做法。肖像照片的一个功能是为了强调拍摄对象的视觉特征，并用于将他们和其他人鲜明地区别开来。翻阅十九世纪末、二十世纪初的人类学著作时，被拍摄者拘谨的面部表情多少暗示，拍摄中包含着一种不对等的权力关系。当黑明将这种风格应用于一个准熟人社会，也仅仅在部分程度上消除了拍摄对象的拘谨和不安。

在孙立平的叙述中，拍摄"高质量"肖像是一种特权，只有重要政治人物和城市居民才有这种机会。显然正是为了消解这种特权，黑明选择了大画幅相机，而不是那种容易把摄影师隐藏在拍摄对象中的小相机，来为新窑子的村民拍照。但他似乎没有意识到，仪式感造成了一种和一百年前的人类学家类似的困境（他们普遍使用大画幅相机，通常是一个和三脚架连在一起的木箱式构造），由此带来的情绪压力让拍摄对象变得紧张。这种情绪作用于拍摄对象的面部肌肉，造成一种常见的拘谨表情。大画幅底片和高精度镜头夸大了拍摄对象的肌肤质感，往往让读者误认为，拘谨的表情并非特定场景的压力所致，而是拍摄对象的日常特征。

如果说有什么最终软化了拍摄对象的表情，并重新调整了拍摄者和村民的关系，正是书中的第二部分，也是这本书最吸引人的地方：表情生动的抓拍照片与口语穿插在一起，共同编制了一个小村庄的生活史。

经过文字记载，书中的口语损失了口音和音调这些丰富的细节，但即便如此，其弹性和灵活足以让读者去揣摩照片上的人物，揣摩他们的经历如何改变

---

[1] 黑明：《100年的新窑子》，海南出版社，2005年，第5页。

了他们的性格，以及对他们的体态、表情和面对镜头时的反应产生了何种影响。随着这种不可遏制的观看方式，视觉的历史也不可遏制地进入了文字的历史。

后　记

　　这本书脱胎于一些篇幅极短的文章，几乎每一篇都在谈论摄影和政治的关系。我为《纵横周刊》写这些短文的时候，安替曾和我讨论过写作的风格。在两年的时间里，陈琬帮我修改过许多错误。这份中文互联网上最早的时政杂志无疾而终后，灵子催我把零散的文章扩充成几篇长文，就是这本书的主要内容。

　　过去几年里，我对摄影的看法变化无常，往往自相矛盾，这也许是普通人的常态。我没有修改旧作，使当时的看法与后来一致，也没有调整表达方式，以保持文字风格统一，而是尽量保持了早先的样貌。

　　感谢卢广、张大力、宋朝、王彤和金立旺等朋友，他们慷慨提供作品或收藏，丰富了本书的插图。我还要感谢老友东升的帮助，以及顾铮教授的鼓励。

　　值得一提的是，为《纵横周刊》撰稿，让我有机会见识一些智力超群的年轻人。看他们步入中年，是一件极其有趣的事。在这个意义上，我已从写作中得到了丰厚的回报。

夏佑至

2013年1月，上海

图书在版编目（CIP）数据

干掉摄影师 / 夏佑至著. —合肥:安徽教育出版社,2013.8
ISBN 978-7-5336-7654-4

Ⅰ.①干… Ⅱ.①夏… Ⅲ.①随笔－作品集－中国－当代 Ⅳ.①I267.1

中国版本图书馆CIP数据核字（2013）第183438号

书名:干掉摄影师　　　　　　　　　　作者:夏佑至
GANDIAO SHEYINGSHI

出版人:郑可　　策划编辑:何客　　责任编辑:何换生　王欣
责任印制:何惠菊　美术编辑:吴亢宗　封扉设计:刘运来

出版发行:时代出版传媒股份有限公司　http://www.press-mart.com
　　　　　安徽教育出版社　http://www.ahep.com.cn
　　　　　（合肥市繁华大道西路398号,邮编:230601）
　　　　　营销部电话:(0551)63683010,63683011,63683015

排　　版:安徽创艺彩色制版有限责任公司
印　　刷:合肥晓星印刷有限公司　　电话:(0551)63358718
（如发现印装质量问题,影响阅读,请与印刷厂商联系调换）

开本:787×1092　　1/16　　印张:11.5　　字数:180千字
版次:2013年9月第1版　　2013年9月第1次印刷

ISBN 978-7-5336-7654-4　　　　　　　　定价:36.00元

版权所有,侵权必究